Diese Persönliche Chronik ist für:
Wilfried Horst Stolpe
Wittelsbacherallee 9 b
6000 Frankfurt/M. 1

Das Buch vom

11. März

Ein ganz besonderer Tag

... ein ganz besonderer Tag

Einen der höchsten Feiertage des ganzen Jahres, das Vollmondfest, feiert die Bevölkerung von Sri Lanka am 11. März.
Namenspatrone des 11. März sind der Einsiedler und Priester Johannes Baptist Righi und die heilige Rosina von Wenglingen.
Im Lauf der Weltgeschichte versammelten sich auf dem 11. März ganz besonders viele bedeutsame Ereignisse:

1502 wurde der schiitische Fürst Ismail Safiadan zum Schah des neupersischen Reiches gekrönt.
1814 errichtete König Ferdinand VII. in Spanien die absolute Monarchie.
1851 feierte die Oper »Rigoletto« von Giuseppe Verdi in Venedig Premiere.
1960 starteten die USA »Pioneer 5«, die erste interplanetare Raumsonde.
1985 wurde der Reformer Michail Gorbatschow KP-Generalsekretär der Sowjetunion.

Der 11. März hat auch viele berühmte Geburtstagskinder vorzuweisen. Dazu gehören der französische Maler Louis Boulanger, Widerstandskämpfer Helmut James Graf von Moltke und der deutsche Kinderbuchautor und -illustrator Janosch.

Im Zeichen der Fische

19. Februar bis 20. März

Wer an einem 11. März das Licht der Welt erblickte, wurde in die dritte Dekade des Tierkreiszeichens Fische geboren. Die Fische-Geborenen gelten als besonders sensibel und einfühlsam. Diese Eigenschaften verleihen ihnen oft besondere Fähigkeiten im künstlerischen und kreativen Bereich. Nach der indianischen Astrologie gehören die Fische-Geborenen zum »Mond der großen Winde«. Ihre Glücksfarbe ist das Blaugrün, ihr persönlicher Glücksstein der Türkis.

Der französische Komponist Maurice Ravel ist ein ebenso prominentes Beispiel für die musischen Talente der Fische-Geborenen wie sein deutscher Kollege Aribert Reimann. Auch unter den bildenden Künstlern finden sich zahlreiche Fische wie der niederländische Großmeister der abstrakten Komposition, Piet Mondrian und der Erfinder der faszinierenden »Nagelbilder«, Günther Uecker. Nicht nur im ernsten Fach, auch im Showbusineß brillieren die Fische-Geborenen, darunter der vielseitige Jazzsänger und Stimmkünstler Al Jarreau und Showstar Liza Minnelli.

Herausragende Beispiele aus Politik und Gesellschaft sind Kemal Atatürk, der Vater der modernen Türkei, und Yitzhak Rabin, Friedensstifter im Nahostkonflikt.

1900–1909

Highlights des Jahrzehnts

1900

- Weltausstellung in Paris
- Niederschlagung des Boxeraufstandes in China
- Uraufführung der Oper »Tosca« von Giacomo Puccini in Rom
- Probefahrt des ersten Zeppelins »LZ 1«

1901

- Die britische Königin Victoria stirbt
- Erste Nobelpreise verliehen
- Thomas Mann veröffentlicht die »Buddenbrooks«
- Mordattentat auf US-Präsident McKinley, Theodore Roosevelt wird Nachfolger

1902

- Beendigung des Burenkrieges in Südafrika
- Krönung Eduards VII. zum König von Großbritannien
- Inbetriebnahme der Transsibirischen Eisenbahn
- Kunstströmung »Jugendstil« auf dem Höhepunkt

1903

- Serbischer König Alexander I. ermordet
- Erste Tour de France
- Erster Motorflug der Brüder Wright
- Kampf der Suffragetten um das Frauenwahlrecht
- Margarethe Steiff präsentiert den »Teddy-Bären«

1904

- Hereroaufstand in Deutsch-Südwestafrika
- Beginn des Russisch-Japanischen Krieges
- Arthur Korn gelingt die erste Bildtelegraphie

1905

- Petersburger »Blutsonntag«
- Tangerbesuch Wilhelms II. führt zur Ersten Marokkokrise
- Albert Einstein entwickelt »Spezielle Relativitätstheorie«
- Künstlergemeinschaft »Die Brücke« wird gegründet

1906

- Revolutionäre Unruhen und erstes Parlament in Rußland
- Roald Amundsen duchfährt die Nordwestpassage
- Dreyfus-Affäre beigelegt
- Erdbeben verwüstet San Francisco

1907

- Pablo Picasso malt »Les Demoiselles d'Avignon« und begründet den Kubismus
- Erste Farbfotografien von Louis Jean Lumière

1908

- Ford baut Modell T (»Tin Lizzy«)
- Österreich-Ungarn annektiert Bosnien und Herzegowina
- Durchbruch der olympischen Idee bei Spielen in London
- 30 000 Jahre alte Statuette (Venus von Willendorf) gefunden

1909

- Robert E. Peary erreicht als erster Mensch den Nordpol
- Louis Blériot überfliegt den Ärmelkanal
- Unruhen in Persien: Schah Mohammed Ali dankt ab

◀ **Das Flatiron Building, New Yorks erster Wolkenkratzer (1902)**

Sonntag 11. März

Politik

Unnachgiebig zeigen sich die Briten im Burenkrieg. Premierminister Salisbury weist in einem Brief an den Präsidenten der Südafrikanischen Republik, Paulus »Ohm« Krüger, dessen Forderung nach Erhalt der Unabhängigkeit von Transvaal und Oranjefreistaat zurück. Den Krieg zettelten die Briten 1899 an. Sie wollen sich mit den beiden Burenrepubliken die reichen Bodenschätze der Region unter den Nagel reißen und ihr afrikanisches Kolonialreich zu einem Gebiet »vom Kap bis Kairo« erweitern. Die Buren geben sich 1902 geschlagen, ihre Republiken werden britische Kolonien.

Gesellschaft

Mit eigenen Augen hat sich Kaiser Wilhelm II. von der Qualität seiner neuen Soldaten überzeugt. Er kehrt heute von der Vereidigung der Rekruten in Wilhelmshaven zurück. Der Kaiser, der seit seinen Kindertagen mit der preußischen Tradition engstens vertraut ist, begeistert sich für militärische Aufmärsche und Paraden.

Wetter

Viel kühler als zu erwarten ist es im März 1900 mit Temperaturen um 1,7 °C. Der langjährige Mittelwert für den Monat liegt bei 3,9 °C.

1901

Montag 11. März

Politik

Über neue Studentenunruhen im russischen Zarenreich berichten deutsche Zeitungen. Anlaß dazu gab die Inhaftierung zahlreicher Oppositioneller. Die Studenten gehen seit Beginn des Jahres auf die Straße, um gegen die Willkürherrschaft des Zaren zu protestieren. Die bittere Armut der Bevölkerung bringt sie wie die politische Unterdrückung gegen Nikolaus II. auf. Der reagiert auf die Proteste mit brutalen Polizeieinsätzen und Massenverhaftungen. 1917 stürzt die Februarrevolution den Zaren.

Politik

56 Jahre bevor die Europäische Gemeinschaft das Licht der Welt erblickt, beginnt in Paris eine Konferenz für die Gestaltung der Getreidepreise, bei der Vertreter aus acht Staaten ihre Preispolitik miteinander abstimmen wollen. Viel kommt nicht dabei heraus.

Preise in den Jahren 1900–1909

1 kg Butter	2,46
1 kg Mehl	0,35
1 kg Fleisch	1,55
1 Ei	1,05
1 l Vollmilch	1,00
10 kg Kartoffeln	0,65

in Mark, Stand 1905

Wetter

Der Frühling kündigt sich endlich an. Das Thermometer steigt im März auf Werte um 3,5 °C.

Dienstag 11. März

Gesellschaft

Abschied von den USA nimmt Prinz Heinrich von Preußen. Der Bruder von Kaiser Wilhelm II. geht in New York an Bord der »Deutschland«. Er hat in den Wochen seiner Rundreise viel erlebt. Präsident Roosevelt und seine Regierungsmannschaft empfingen den Prinzen zu Gesprächen, in New York marschierten eigens für ihn Zehntausende deutscher Einwanderer in einem Fackelzug durch die Stadt, und schließlich wurde er noch zum Ehrendoktor der Universität Cambridge ernannt.

Politik

Großes Mitleid haben die Deutschen mit Zehntausenden burischer Frauen und Kinder, die in Lagern gefangengehalten werden. Für sie werden im Deutschen Reich Spenden gesammelt. Die Gefangenen sind Opfer des 1899 ausgebrochenen Krieges zwischen Buren und Briten um die Herrschaft in Südafrika. Zur Taktik der Briten gehören die Konzentrationslager, in denen fast 12 000 Menschen in Elend und Not ausharren.

Wetter

Buchstäblich ins Wasser fällt der März in diesem Jahr. Der zu erwartende Niederschlag von 31 mm wird mit 75 mm weit übertroffen.

1903

Mittwoch 11. März

Politik

Eine empfindliche Schlappe müssen die Konservativen in Großbritannien bei der Gemeindewahl in Woolwich hinnehmen. Sie verlieren Tausende von Stimmen an die Liberalen, die im ganzen Land immer mehr Sympathien sammeln. Sie setzen sich im Gegensatz zu den Konservativen für die Millionen Arbeiter im industrialisierten Großbritannien ein und fordern u.a. eine Verbesserung des Arbeitsrechts und Arbeitszeitverkürzungen. 1905 lösen die Liberalen die konservative Regierung ab.

Gesellschaft

Flüchtiger »Heiler« kehrt zurück: Der deutsche Heilpraktiker Nardenkötter wird ans Deutsche Reich ausgeliefert. Dort wartet ein Prozeß wegen Kurpfuscherei auf ihn, vor dem er vor zwei Wochen nach London geflohen ist.

Rekorde 1900–1909

400 m: Maxey Long (USA) – 47,8 sec (1900)
Weitsprung: Peter O' Connor (IRL) – 7,61 m (1901)
Stabhochsprung: Walter Dray (USA) – 3,90 m (1908)
Kugelstoßen: R. Rose (USA) – 15,56 m (1909)

Wetter

Besonders schön ist der März in diesem Jahr. Die Temperaturen steigen auf 7,1 °C und liegen damit mehr als drei Grad über dem langjährigen Mittelwert für diesen Monat.

Freitag 11. März

Technik

Seine Erfindung führt Hermann Anschütz-Kaempfe auf dem Dampfer »Schleswig« in der Ostsee vor. Er präsentiert seinen Gästen den sog. Kreiselkompaß. Das Instrument bestimmt die Himmelsrichtung mit Hilfe eines Kreiselkörpers, der von den Kräften der Erddrehung beeinflußt wird. Obwohl die Entwicklung noch in den Kinderschuhen steckt, wird der Kompaß schon jetzt als Sensation gefeiert. Mit ihm erhält der seit über 700 Jahren gebräuchliche Magnetkompaß erstmals ernstzunehmende Konkurrenz.

Politik

Ein gefundenes Fressen für die konservativen Zeitungen ist der Debatten-Marathon im Reichstag. Die kaisertreuen Blätter kritisieren »das Schwatzen ohne Ende« unter den demokratisch gesinnten Volksvertretern. Grund für die Dauersitzungen ist die Masse an Vorlagen und Gesetzen, die bis zum Beginn der bevorstehenden Osterpause noch beraten werden müssen.

Wetter

Mit 4,1 °C recht mild ist es im März 1904. Es fallen 17 mm Regen. Im Vergleich zum langjährigen Mittelwert (31 mm) ist das Wetter damit zu trocken.

Samstag 11. März

Politik

Russische Experten packen ein. Zar Nikolaus II. löst nach wenigen Wochen die Kommission auf, die die Ursachen der Arbeiterunruhen aufdecken sollte. Im Januar demonstrierten am sog. Blutsonntag über 140 000 Russen gegen ihre wirtschaftliche Not. Zaristische Truppen richteten unter ihnen ein Massaker an, über 1000 Menschen starben. In der Folge weiten sich die Unruhen auf ganz Rußland aus. Nikolaus II. gelingt es aber bis zum Dezember mit falschen Versprechungen und Militäreinsätzen, diese erste Revolution zu überstehen.

Stars der Jahre 1900–1909

Isadora Duncan
Tänzerin
Gustav Mahler
Komponist/Dirigent
Anna Pawlowa
Tänzerin
Sarah Bernhardt
Schauspielerin
Orville/Wilbur Wright
Flieger

Politik

Der Erste Deutsche Studententag wird in Eisenach eröffnet. 120 studentische Delegierte beschließen, sich gemeinsam gegen die staatliche Aufsicht über die politischen Aktivitäten der Studenten zu wehren und einen Dachverband zu gründen.

Wetter

Feuchter und wärmer als sonst präsentiert sich der März 1905 mit 41 mm Niederschlag und 5,3 °C.

Sonntag 11. März

Politik

Die Greuelberichte aus der deutschen Kolonie Kamerun reißen nicht ab. Deutsche Zeitungen melden, daß die einheimische Bevölkerung in der afrikanischen Kolonie unter brutalen Mißhandlungen des Gouverneurs Jesko von Puttkamer zu leiden habe. Die Berichte lösen in Berlin eine schwere Regierungskrise aus. Die katholische Zentrumspartei kündigt ihre Unterstützung für die deutsche Kolonialpolitik und provoziert damit im Dezember die Auflösung des Reichstags.

Politik

Die Kolonisation der Ostgebiete gerät ins Stocken. Ein Bericht gibt an, daß die Zahl der angebotenen Güter in den preußischen Ostgebieten zurückgegangen sei. Konservative und Rechte bemühen sich seit Jahren darum, die polnische Bevölkerung aus dieser Region zu verdrängen. Zu diesem Zweck kauft die Regierung Güter und Höfe auf, um sie verbilligt an Deutsche abzugeben.

Wetter

Regen macht den März 1906 unwirtlich. Während die monatliche Niederschlagsmenge im langjährigen Mittel 31 mm beträgt, fällt sie in diesem Jahr mit 68 mm mehr als doppelt so hoch aus.

Montag 11. März

Politik

Einem Attentat fällt der bulgarische Ministerpräsident Petkow zum Opfer. Er wird auf offener Straße erschossen. Damit erreichen die Unruhen im Balkanfürstentum ihren vorläufigen Höhepunkt. Arbeiter und Bauern sorgen seit Monaten für Aufruhr. Wie in Rußland demonstrieren sie für eine Verbesserung ihrer wirtschaftlichen Lage und mehr demokratische Rechte. Am rußlandfreundlichen Fürsten Ferdinand prallen die Proteste jedoch ab. 1908 demonstriert er seine Allmacht und läßt sich zum Zaren krönen.

Gesellschaft

Den Einsatz von polizeilichen Streikbrechern beim Elektrizitätsarbeiterstreik in Paris billigt das französische Parlament nachträglich mit großer Mehrheit. Die Arbeiter legten drei Tage lang die Seine-Metropole lahm, um höhere Löhne zu erzwingen.

In Werbeanzeigen kündigen Schweizer Zeitungen das erste feste Lichtspieltheater an, das am Wochenende in Zürich eröffnet wird. Bislang wurden Filme nur auf Jahrmärkten in Buden und Zelten vorgeführt.

Wetter

Einem ungewöhnlich harten Winter folgt im März 1907 ein mildes Frühlingserwachen, das mit Temperaturen um 4 °C den Schnee schmelzen läßt.

Mittwoch 11. März

Gesellschaft

Drei Jahre getrennt von Tisch und Bett reichen in Frankreich künftig aus, um die gesetzliche Scheidung zu beantragen. Der französische Senat legt diese Regelung fest und hebt damit die bislang strengen Gesetze auf, die eine Scheidung praktisch unmöglich machten. Die Reform hatte erst eine Chance, nachdem 1906 der Einfluß des katholischen Klerus eingeschränkt worden war.

»Linie ohne Bauch«: Das Korsett, ein modisches Muß für die elegante Frau

Politik

In die Höhle des Löwen traut sich der spanische König Alfons XIII. Er reist nach Barcelona, um ein dort eingetroffenes österreichisch-ungarisches Kriegsschiff zu begrüßen. Die Hafenstadt gilt als gefährlichster Ort Spaniens. Terroristen versuchen mit Anschlägen, die Unabhängigkeit der Provinz Katalonien zu erzwingen.

Wetter

Mittelmäßig ist der März in diesem Jahr. Die Temperaturen liegen voll im langjährigen Durchschnitt von 3,9 °C, und es fällt etwas mehr Niederschlag (39 mm), als zu erwarten wäre.

Donnerstag 11. März

Politik

Der Opiumhandel muß nach Ansicht des britischen Gouverneurs in der Kronkolonie Hongkong unterbunden werden. Er fordert China zu schärferen Kontrollen auf. Angefangen mit dem Drogenhandel haben die Briten allerdings selbst. 1840 setzten sie in einem Krieg gegen China den Handel mit dem Rausch- und Heilmittel über chinesische Häfen durch. 1906 untersagte die chinesische Regierung das Opiumrauchen.

Gute Figur in Sakkoanzug und Wettermantel: Die Mode für den Herrn

Politik

Ein Skandal erregt die Gemüter der Franzosen. Die Rechnungskommission deckt auf, daß bei der Vergabe von Marineaufträgen überhöhte Rechnungen gestellt worden sind, die die Staatskassen um einige Millionen Francs ärmer gemacht haben.

Wetter

Kälte und Regen bestimmen den März 1909. Die Durchschnittstemperatur liegt mit 2,2 °C deutlich unter dem langjährigen Mittel (3,9 °C), dafür übersteigen die Niederschläge mit 54 mm das gewöhnliche Maß (31 mm).

1910–1919

Highlights des Jahrzehnts

1910

- Georg V. wird nach dem Tod Eduards VII. britischer König
- Der Halleysche Komet passiert die Erde
- Bürgerliche Revolution beendet Monarchie in Portugal
- Wassily Kandinsky begründet die abstrakte Malerei
- Sieg des Schwarzen Jack Johnson bei Box-WM

1911

- Bürgerkrieg in Mexiko
- »Panthersprung nach Agadir« löst Zweite Marokkokrise aus
- Militärputsch leitet chinesische Revolution ein
- Roald Amundsen gewinnt den Wettlauf zum Südpol

1912

- Erster Balkankrieg
- Woodrow Wilson wird 28. US-Präsident
- Untergang der »Titanic«
- Büste der ägyptischen Königin Nofretete gefunden

1913

- Zweiter Balkankrieg
- Niels Bohr entwirft neues Atommodell
- Größter Bahnhof der Welt (Grand Central Station) in New York eingeweiht

1914

- Österreichs Thronfolger in Sarajevo ermordet
- Ausbruch des Ersten Weltkrieges
- Eröffnung des Panamakanals

1915

- Stellungskrieg im Westen
- Beginn der Ostoffensive
- Charlie Chaplin wird mit »Der Tramp« Star des US-Kinos
- Versenkung der »Lusitania« durch ein deutsches U-Boot

1916

- Schlacht um Verdun
- Osteraufstand in Irland niedergeschlagen
- Seeschlacht vor dem Skagerrak
- Der österreichische Kaiser Franz Joseph I. stirbt
- Rasputin ermordet

1917

- Beginn des uneingeschränkten U-Boot-Krieges
- Zar Nikolaus II. dankt ab
- Oktoberrevolution in Rußland

1918

- US-Präsident Wilson verkündet 14-Punkte-Programm zur Beendigung des Krieges
- Russische Zarenfamilie ermordet
- Waffenstillstand von Compiègne beendet Ersten Weltkrieg
- Novemberrevolution: Kaiser Wilhelm II. dankt ab, Philipp Scheidemann ruft die deutsche Republik aus

1919

- Spartakusaufstand niedergeschlagen
- Rosa Luxemburg und Karl Liebknecht ermordet
- Friedrich Ebert erster Reichspräsident
- Versailler Vertrag

◀ **Schöne Spionin in deutschem Auftrag: Mata Hari wird 1917 erschossen**

Freitag 11. März

Politik

Die Feministin Marie Bonnevial veranstaltet in Paris eine Kundgebung für die Einführung des Frauenwahlrechts. Wie in Frankreich kämpfen in vielen Staaten Europas die Frauen um das Stimmrecht. In Großbritannien schrecken sie sogar vor Anschlägen nicht zurück. Erfolg haben sie erst nach dem Ersten Weltkrieg. Auch in Frankreich dürfen die Frauen erst 1919 wählen.

Der Sozialdemokrat Permerstorfer sorgt in Wien für Entsetzen. Nach Angaben eines rechten Abgeordneten soll er gesagt haben, daß er auf das Königshaus der Hohenzollern ebenso wie auf das der Habsburger pfeife.

Politik

Bis in den letzten Winkel bewaffnet sich das britische Empire. In Kanada, das als Ex-Kolonie noch teilweise unter britischer Kontrolle steht, beschließt die Regierung den Bau einer Flotte. Damit reagiert das Land auf die massive Flottenaufrüstung der anderen Großmächte – allen voran das Deutsche Reich.

Wetter

Mild und etwas zu trocken ist der Frühlingsauftakt 1910. Die Temperaturen von durchschnittlich 4,9 °C liegen ein Grad über dem langjährigen Mittelwert. Im Vergleich zu den Vorjahren fällt in diesem Monat sehr wenig Regen (20 mm).

Samstag 11. März

Politik

Der Diktator geht – die Revolution kommt. Nach 30jähriger Herrschaft tritt der mexikanische Diktator Díaz zurück und flieht nach Spanien. 1910 brach ein Aufstand unter der Führung von Pancho Villa und Emiliano Zapata gegen ihn los. Unter seiner Herrschaft waren über 80% des Bodens an Großgrundbesitzer gefallen. Die große Mehrheit der kleinen Bauern war ohne Besitz. Schon kurz nach dem Sturz von Díaz bricht das Bündnis der Revolutionäre jedoch auseinander. Mexiko versinkt im Chaos. 1917 geht der Sozialist Carranza als Sieger und neuer Präsident aus den Kämpfen hervor.

Gesellschaft

Ein hitverdächtiges Buch wird in Berlin verboten. Das von Regierungsrat Rudolf Martin herausgegebene »Jahrbuch der Millionäre«, das sich im Druck befindet, muß eingestampft werden. Martin wird verdächtigt, die Angaben über die reichsten Männer Preußens durch Bestechung ermittelt zu haben.

Wetter

Freundlich präsentiert sich der März 1911. Das Quecksilber steigt auf durchschnittliche 5 °C. Das ist für den Monat etwas zu warm. Zudem bleibt es trockener als gewöhnlich.

Montag 11. März

Gesellschaft

Im Ruhrgebiet stehen die Räder still. 170 000 Bergarbeiter legen die Arbeit nieder, um Lohnerhöhungen zu erzwingen. Damit befinden sich über 60% aller Kumpel im Streik. Die Löhne der Arbeiter hinken seit Jahren den Preissteigerungen hinterher. Gemessen an den immer höher kletternden Teuerungsraten verdienen sie real weniger als noch 1907. Trotz dieses offensichtlichen Mißstands zeigen die Unternehmer keinerlei Verständnis für die Forderungen. Der Streik wird am 19. März von Militäreinheiten brutal niedergeschlagen.

Technik

Tausende Neugieriger strömen in London zum Hafen, um das dänische Motorschiff »Selandia« zu bewundern, das gestern eintraf. Der 7000-Tonner ist das erste hochseetüchtige Schiff, das mit der neuartigen Dieselmotortechnik angetrieben wird. Sie setzt sich in den nächsten Jahren gegen die bislang übliche Kohlefeuerung durch.

Wetter

Zu warm und zu trocken wie schon in den Vorjahren zeigt sich der März auch 1912. Auf 7,0 °C Durchschnittstemperatur steigt das Thermometer (langjähriger Mittelwert 3,9 °C).

1913

Dienstag 11. März

Politik

Ohne die Hilfe der USA muß der neue mexikanische Präsident Huerta auskommen. US-Präsident Wilson verkündet, daß er den Putschisten nicht anerkennen werde. In Mexiko tobt seit 1910 eine Revolution, die sich ursprünglich gegen die Unterdrückung der Bauern richtete. Inzwischen stehen sich aber die Revolutionäre selbst feindlich gegenüber. Huerta putschte sich im Februar an die Macht. Mangels Unterstützung muß er im Juli sein Amt aufgeben. 1917 enden die Machtkämpfe.

Gesellschaft

Drei wagemutige Franzosen dürfen heimkehren. Sie sind gestern mit ihrem Ballon bei Soldin auf deutschem Boden gelandet und wurden unter Spionageverdacht verhaftet. Erst nachdem sie stundenlang beteuert haben, daß ihre Interessen rein sportlicher Natur seien, dürfen sie von dannen ziehen.

Stars der Jahre 1910–1919

David Wark Griffith
Filmregisseur
Mary Pickford
Filmschauspielerin
Enrico Caruso
Sänger
Douglas Fairbanks
Filmschauspieler
Charlie Chaplin
Filmschauspieler

Wetter

Mit Macht will es Frühling werden.
Die Temperaturen steigen im März 1913 auf Werte um 7,2 °C (langjähriger Mittelwert 3,9 °C).

1914

Mittwoch 11. März

Gesellschaft

Der Kampf um Gleichberechtigung macht auch vor der Kunst nicht halt. In London steht die Suffragette Mary Richardson vor Gericht. Sie ist angeklagt, ein kostbares Gemälde des spanischen Meisters Velazquez mutwillig zerstört zu haben, das in der National Gallery ausgestellt war. Die radikalen britischen Feministinnen schrecken in ihrem Kampf für das Frauenwahlrecht auch nicht mehr vor Gewalt zurück. Die Attentäterin wird zu sechs Monaten Gefängnis verurteilt.

Politik

Beschwichtigende Worte spricht Rußlands Außenminister Sasonow in einem Interview. Er äußert sich positiv über das Verhältnis zum Deutschen Reich und entkräftet damit einen deutschen Artikel, der kürzlich für Aufsehen sorgte. Darin hieß es, Rußland plane einen Angriff auf Deutschland. Tatsächlich sind es die Deutschen, die im August, bei Ausbruch des Ersten Weltkrieges, Rußland den Krieg erklären.

Wetter

Ungewöhnlich viel Regen bei milden Temperaturen um 5,8 °C fällt im März 1914. Statt der üblichen 31 mm Niederschläge sind es diesmal 76 mm.

Donnerstag 11. März

Politik

Als wirksame Waffe im Ersten Weltkrieg erweist sich die Handelsblockade. Franzosen und Briten beschließen, die 1914 eingeführte Isolation ihrer Kriegsgegner von jeglichem Außenhandel weiter zu verschärfen. Als Begründung nennen die Regierungen die verschärften deutschen U-Boot-Angriffe. Die Blockade bleibt bis zum Kriegsende 1918 bestehen.

Politik

Wenig erfolgreich endet der Einsatz des deutschen Hilfskreuzers »Prinz Eitel-Friedrich« im Ersten Weltkrieg. Er muß wegen Kohlenmangel in den US-amerikanischen Hafen Newport News einlaufen und wird interniert. Drei Tage später wird die »Dresden«, das letzte Schiff des deutschen Kreuzergeschwaders, von den Briten angegriffen und auf Anordnung des Kommandanten gesprengt.

Rekorde 1910–1919

Schwimmen: H. Hebner (USA) – 1:20,8 min/100 m Rücken (1912)
100 m: Nina Popowa (RUS) – 13,1 sec (1913)
Hochsprung: C. Larson (USA) – 2,03 m (1917)
Speerwerfen: Jonni Myyrä (FIN) – 66,10 m (1919)

Wetter

Zum ersten Mal seit Jahren liegen die Märztemperaturen 1915 mit 1,7 °C deutlich unter normal.

Samstag 11. März

Gesellschaft

Heimatverbundenheit beweisen die deutschen Einwanderer in den USA. In New York veranstalten sie eine große Verkaufsausstellung zugunsten der Zivilbevölkerung in Deutschland, Österreich-Ungarn und anderen europäischen Staaten. Der Erlös aus dem Verkauf kommt notleidenden Familien zugute. Die Hilfsaktionen werden fortgesetzt. Nach Kriegsende engagieren sich vor allem die christlichen Quäker für die Bevölkerung in Europa.

Politik

Erste Erfolge in der Schlacht um Verdun meldet die deutsche Heeresleitung. Sie teilt mit, daß bereits über 26 000 französische Soldaten gefangengenommen wurden. Der Angriff begann im Februar mit dem Ziel, die Franzosen in einer Materialschlacht »auszubluten«. Sie endet im Desaster. In der »Hölle von Verdun« kommen bis Dezember fast 700 000 Soldaten ums Leben.

Wetter

Recht mild und sehr trocken verläuft der März des dritten Weltkriegsjahres. Das Thermometer zeigt Temperaturen um 4,5 °C an. Während gewöhnlich 31 mm Regen fallen, werden in diesem Jahr nur 12 mm gemessen.

1917

Sonntag 11. März

Politik

Die Februarrevolution (Julianischer Kalender) beendet die über 300 Jahre währende Zarenherrschaft. Die Soldaten der Petersburger Garnison schließen sich den Arbeitern an, die seit Anfang März in den Rüstungsbetrieben streiken. Sie protestieren damit gegen die zaristische Willkür. Am 15. März gibt Nikolaus II. auf und dankt ab. Eine bürgerliche Regierung wird einberufen, die jedoch schon in der folgenden Oktoberrevolution von den Bolschewiki gestürzt wird. Sie errichten 1922/24 die Sowjetunion.

Preise in den Jahren 1910–1919

1 kg Butter	2,74
1 kg Mehl	1,90
1 kg Fleisch	3,00
1 Ei	0,13
1 l Vollmilch	0,25
10 kg Kartoffeln	3,30
Stundenlohn	0,66

in Mark, Stand 1913

Gesellschaft

Not macht erfinderisch: Bei Hausdurchsuchungen in der Nähe von Thorn werden trotz der dramatischen Versorgungsnotlage große Lebensmittelvorräte entdeckt. 22 Familien werden angeklagt, Eisenbahnwaggons ausgeraubt zu haben.

Wetter

Nach einem harten Winter erwärmt sich die Luft im März 1917 nur ganz allmählich. Das Thermometer steigt gerade über den Gefrierpunkt.

Montag 11. März

Politik

Den Schutz des Deutschen Reiches sucht der Präsident Finnlands, Pehr E. Svinhufvud, der heute in Berlin eintrifft. In seinem Heimatland tobt ein Krieg zwischen Bürgerlichen und Kommunisten. Die bolschewistische Regierung in Sowjetrußland unterstützt die Kommunisten. Die Bürgerlichen erhalten Hilfe von deutscher Seite. Die Reichsregierung will damit ihren Einfluß auf das strategisch wichtige Finnland sichern. Der Krieg endet 1920 mit dem Sieg der Bürgerlichen, die die Republik ausrufen.

Die Herrenkleidung wird sportlicher. Dazu gehört der weiche Hut

Politik

Deutsche Kampfflieger greifen die französische Hauptstadt Paris an. Der Erste Weltkrieg ist der erste hochtechnisierte Krieg, in dem Flugzeuge eingesetzt werden. Sie spielen allerdings noch keine große Rolle.

Wetter

Wesentlich wärmer als im letzten Jahr gestaltet sich der Frühlingsanfang 1918. Das Thermometer klettert gelegentlich schon auf Temperaturen über 4,4 °C. Dabei bleibt es mit 10 mm Niederschlag ungewöhnlich trocken.

Dienstag 11. März

Politik

Die Zukunft Österreichs diskutiert die Nationalversammlung in Wien. Die Abgeordneten formulieren ein Gesetz, in dem es heißt: »Deutschösterreich ist ein Teil des Deutschen Reiches.« Der Vielvölkerstaat Österreich-Ungarn löste sich mit dem Ende des Ersten Weltkriegs 1918 auf. Ungarn, die Tschechoslowakei und das spätere Jugoslawien machten sich selbständig und ließen Österreich zurück, das jetzt Anlehnung an Deutschland sucht. Die Alliierten verbieten den deutsch-österreichischen Zusammenschluß jedoch.

Das praktische Sportkleid für die Jagd und für Bergtouren

Politik

Über einen Bund zur Erhaltung des Friedens beraten in Bern Delegierte aus ganz Europa. 1920 treten diesem »Völkerbund«, Vorläuferorganisation der UNO, 45 Staaten bei.

Wetter

Ganz normal präsentiert sich der März 1919. Das Thermometer steigt auf Werte um 3,2 °C. Wie die Temperaturen weicht auch die Niederschlagsmenge (40 mm) kaum vom Standard ab.

1920–1929

Highlights des Jahrzehnts

1920

- Prohibition: Alkoholverbot in den USA
- NSDAP verabschiedet ihr Programm
- Kapp-Putsch scheitert
- Erstmals Salzburger Festspiele

1921

- Alliierte besetzen das Rheinland
- Hitler wird NSDAP-Vorsitzender
- Hormon Insulin entdeckt
- Rudolph Valentino wird Frauenidol
- Vertrag von Sèvres bedeutet Ende des Osmanischen Reichs

1922

- Hungersnot in Rußland
- »Deutschlandlied« wird zur Nationalhymne erklärt
- Mussolinis Marsch auf Rom
- Gründung der UdSSR
- Grab des Tutanchamun entdeckt
- Deutsch-russische Annäherung durch Vertrag von Rapallo
- Gründung der BBC
- Johnny Weissmuller stellt über 100 m Kraul den ersten seiner 67 Weltrekorde auf (58,6 sec)

1923

- Franzosen besetzen Ruhrgebiet
- Hitlers Putschversuch scheitert
- Währungsreform beendet Inflation im Deutschen Reich
- Die Türkei wird Republik

1924

- Erstmals Olympische Winterspiele
- Revolutionsführer Lenin stirbt
- Dawes-Plan lockert finanzielle Zwänge für Deutschland
- VIII. Olympische Spiele: Läufer Paavo Nurmi gewinnt 5 Goldmedaillen

1925

- Einparteiendiktatur in Italien
- Neugründung der NSDAP
- Hindenburg wird nach dem Tod Eberts Reichspräsident
- Europäische Entspannung durch Locarno-Pakt
- Joséphine Baker wird im Bananenröckchen zum Weltstar

1926

- Japans Kaiser Hirohito besteigt den Thron
- Militärputsch Pilsudskis in Polen
- Walt Disneys Mickey Mouse erblickt das Licht der Welt
- Deutschland im Völkerbund

1927

- Stalin entmachtet politische Gegner
- Charles Lindbergh überfliegt den Atlantik
- Uraufführung des Films »Metropolis« von Fritz Lang

1928

- Briand-Kellogg-Pakt zur Kriegsächtung unterzeichnet
- Alexander Fleming entdeckt das Penicillin
- »Dreigroschenoper« von Brecht und Weill uraufgeführt
- Erste Transatlantik-Fluglinie

1929

- Youngplan regelt Reparationen
- »Schwarzer Freitag« in New York löst Weltwirtschaftskrise aus
- Erste Oscar-Verleihung in Hollywood
- Antikriegs-Roman »Im Westen nichts Neues« von Erich Maria Remarque

◀ **Rätselhaftes Idol: Rudolph Valentino in »Der Sohn des Scheichs« (1926)**

Donnerstag 11. März

Politik

Weil er seine Soldaten nicht aufgeben will, wird General von Lüttwitz des Amtes enthoben. Er weigerte sich, die Marinebrigade aufzulösen, die ihm unterstellt ist. Die Verminderung des Heeres und der Marine gehört aber zu den Bedingungen, die die Siegermächte des Ersten Weltkrieges dem Verlierer Deutschland auferlegen. Lüttwitz setzt mit seiner Weigerung das Signal für einen Staatsstreich gegen die verhaßte republikanische Regierung. Wie viele Rechte und Militärs macht er sie für den »ungerechten« Diktatfrieden der Siegermächte verantwortlich. Gemeinsam mit dem rechten Politiker Kapp erklärt er am folgenden Tag die Regierung für abgesetzt. Der Putsch scheitert jedoch.

Politik

Der Generalstreik zur Durchsetzung der Sozialisierung im Bergbau wird auf einem Gewerkschaftskongreß in London abgelehnt. Statt dessen fordern die Delegierten politische Aktionen. Die Sozialisierung ist eine Idee der Labour Party, die nach Kriegsende Zulauf von den Arbeitern erhält.

Wetter

Mit milden Temperaturen um 7,0 °C erfreut der März 1920 die Menschen.

1921

Freitag 11. März

Politik

Freispruch für alle lautet das Urteil der Essener Richter im Prozeß gegen Mitglieder der sog. Roten Ruhrarmee. Die »Laientruppe« tat sich 1920 zusammen, als der rechtsradikale Politiker Kapp in Berlin versuchte, die SPD-Reichsregierung zu stürzen. Die Arbeiter griffen zu den Waffen, um gegen die rechten Militärs zu kämpfen, die Kapp zur Seite standen. Ein Generalstreik hunderttausender Arbeiter legte schließlich das öffentliche Leben lahm und brachte den Möchtegern-Kanzler Kapp zu Fall.

Politik

Für den Kampf gegen die Bolschewiki entsenden die USA einen Dampfer mit Lebensmitteln nach Rußland. Die milde Gabe soll die Aufständischen kräftigen, die gegen die neue Sowjetregierung kämpfen. Helfen tut es nicht.

Wetter

Milde Witterung bestimmt den März 1921. Es ist durchweg trocken und sonnig bei angenehmen Temperaturen um 6,6 °C.

Stars der 20er Jahre

Buster Keaton
Filmschauspieler
Johnny Weissmuller
Schwimmer
Rudolph Valentino
Filmschauspieler
Joséphine Baker
Tänzerin
Charles Lindbergh
Flieger

Samstag 11. März

Politik

Über die Kosten für die alliierten Truppen im Rheinland beraten in Paris Finanzexperten aus Belgien, Großbritannien und Frankreich. Seit dem Ende des Ersten Weltkriegs sind Teile ihrer Armeen Dauergäste auf deutschem Territorium, um die Sicherheit der Grenzen zu Frankreich und Belgien zu garantieren. Die Kosten für Unterbringung und Verpflegung muß der Kriegsverlierer Deutschland tragen. Die Konferenz endet mit der Festlegung von jährlich 220 Mio. Goldmark.

Rekorde in den 20er Jahren

Schwimmen: J. Weissmuller (USA) – 58,6 sec/ 100 m Freistil (1922)
10 000 m: P. Nurmi (FIN) – 30:06,1 min (1924)
1500 m: O. Peltzer (GER) – 3:51,0 min (1926)
Kugelstoßen: Emil Hirschfeld (GER) – 16,04 m (1928)

Politik

Fest in österreichischer Hand soll das Burgenland bleiben. Bundeskanzler Schober bereist die Grenzregion zu Ungarn und wendet sich in einer Rede gegen Pläne, das Gebiet an Ungarn abzutreten. 1921 waren Kämpfe zwischen Österreichern und Ungarn ausgebrochen.

Wetter

Nach einem kalten Winter steigen die Temperaturen im März 1922 auf Werte um 4,0 °C.

Sonntag 11. März

Politik

Französische Züge rollen ins Ruhrgebiet. Frankreich vereinbart mit Großbritannien die Einrichtung einer neuen Zugstrecke. Sie verläuft von der französischen Grenze durch das seit Kriegsende (1918) britisch besetzte Rheinland bis ins Ruhrgebiet. Dort sind im Januar französische und belgische Truppen einmarschiert, um die Kohlelieferungen, die als Ausgleich für die deutschen Kriegsschulden an die beiden Länder geliefert werden müssen, durchzusetzen. Künftig wird die Kohle per Zug abtransportiert. Die Deutschen reagieren auf die Ruhrgebietsbesetzung mit passivem Widerstand, den sie aber im September wegen der katastrophalen Wirtschaftslage aufgeben müssen. Danach wird neu verhandelt.

Politik

Italiens Arbeiter haben Grund zur Freude. Der Ministerrat führt den Achtstundentag in allen Betrieben ein. In Deutschland gilt die 48-Stunden-Woche schon seit 1919.

Wetter

Trocken und mild ist der März 1923. Die Temperaturen steigen auf Werte um 5,6 °C. Wie in den Vorjahren fällt nur wenig Niederschlag.

Dienstag 11. März

Politik

Die erste Botschafterin der Welt tritt in Oslo ihr Amt an. Alexandra M. Kollontai vertritt in Norwegen die diplomatischen Interessen der Sowjetunion. Die Presse überschlägt sich mit Berichten über die erste Frau in einem bedeutenden diplomatischen Amt. Besonders die konservativen Blätter hegen ernsthafte Zweifel an den Fähigkeiten der Botschafterin und lehnen die Beteiligung von Frauen an den Staatsgeschäften ab. In den meisten europäischen Ländern wurde Frauen erst nach 1918 das Wahlrecht zugestanden. An ein weiteres Vordringen in die Männerwelt der Politik ist nicht zu denken.

Politik

60 000 Werftarbeiter legen in Norddeutschland die Arbeit nieder. Sie fordern höhere Löhne. Nach der jahrelangen Wirtschaftskrise ist seit Beginn des Jahres ein allmählicher Wirtschaftsaufschwung zu spüren. Davon wollen auch die Arbeiter profitieren. Sie setzen den Streik bis Ende März fort.

Wetter

Zum ersten Mal seit Jahren bleiben 1924 die Temperaturen im März unter dem langjährigen Mittelwert für den Monat (3,9 °C). Mit durchschnittlich 2,3 °C ist es trotz vieler sonniger Tage relativ kalt.

Mittwoch 11. März

Politik

Die NSDAP ist auf dem Vormarsch. Der Wortführer der nationalsozialistischen Partei, Adolf Hitler, ordnet den Aufbau einer Organisation der Partei in Norddeutschland an. Erst Ende Februar wurde die NSDAP in München wiederbelebt. Seit 1923 war sie verboten. Hitler hatte damals versucht, die Weimarer Republik durch einen Staatsstreich zu stürzen, und war verhaftet worden. Allerdings war er bereits nach acht Monaten wieder auf freiem Fuß und setzte seine Karriere fort. 1933 wird er zum Reichskanzler ernannt und errichtet die NS-Diktatur.

Gesellschaft

Über die Einführung der Sommerzeit debattieren die britischen Abgeordneten in London. Sie legen fest, daß am 18. April die Uhren um eine Stunde vorgestellt werden. Damit soll bis zum Herbst das Tageslicht besser ausgenutzt werden.

Preise in den 20er Jahren

1 kg Butter	3,60
1 kg Mehl	0,50
1 kg Fleisch	2,50
1 Ei	0,20
10 kg Kartoffeln	0,80
Stundenlohn	0,93

in RM, Stand 1926 (ohne Inflationsjahre)

Wetter

Zu kühl – wie im letzten Jahr – ist es auch im März 1925. Bei durchschnittlich 2,1 °C setzt sich die Sonne häufig gegen graues Regenwetter durch.

Donnerstag 11. März

Politik

Die Symbolfigur des irischen Freiheitskampfes, Eamon de Valera, gibt den Vorsitz der Partei Sinn Féin ab. Die Partei weigert sich, Valeras Vermittlungskurs mit den Briten zuzustimmen. Er wollte irische Abgeordnete ins Parlament nach London entsenden. Seine Gegner lehnen jede Annäherung an die Briten ab. Jahrhundertelang kämpften die Iren um die Unabhängigkeit der Insel. 1921 wurde ein irischer Freistaat gegründet. Die Provinz Ulster soll jedoch britisch bleiben. Die Sinn Féin kämpft weiter für ein geeintes Irland.

Der Diebstahl einer Oper an der Mailänder Scala sorgt für Aufsehen in der Musikwelt. Aus einem Probenzimmer verschwindet die Partitur der »Nachtigall«, ein Werk des russischen Komponisten Igor Strawinski.

Kultur

Mit Schimpf und Schande wird das Lustspiel »Der fröhliche Weinberg« von Carl Zuckmayer bedacht. Nach der Aufführung wettern konservative Blätter gegen die Scherze aus dem Bauernmilieu, die angeblich »das Volkstum« verhöhnen.

Wetter

Relativ mild, aber zu naß präsentiert sich der März 1926. Die Temperaturen erreichen Werte um 4,1 °C. Es fallen 59 mm Niederschläge.

Freitag 11. März

Kultur

Der neue Film des großen Komikers Buster Keaton feiert im Berliner Gloria-Palast Premiere. Der Streifen »Der Boxer«, in dem Keaton natürlich die Hauptrolle spielt, erzählt von einem verweichlichten Millionärssohn, der von seiner Angebeteten erst erhört wird, als er sich als der berühmte Boxer Alfred »Battling« Butler ausgibt. Keaton, der Mann der niemals lacht, gehört neben Charlie Chaplin zu den Stars der Stummfilm-Komödie. Mit dem »Boxer« geht seine Karriere allmählich ihrem Ende entgegen. Die Tonfilme, die er in den 30er Jahren dreht, erreichen die Qualität seiner Stummfilme nicht mehr.

Sport

Ein Schwimmfest in Brüssel gerät für den Deutschen Erich Rademacher unerwartet zum Triumph. Er stellt mit 2:28,0 min über 200 m Brustschwimmen einen Weltrekord auf.

Wetter

Sonnenschein begleitet den März 1927. Die Temperaturen liegen durchschnittlich bei 7,0 °C und übertreffen damit den langjährigen Durchschnittswert (3,9 °C) deutlich. Das heitere Wetter wird nur gelegentlich von Regengüssen unterbrochen.

Sonntag 11. März

Politik

Die ersten Wahlen seit dem Staatsstreich 1926 bestätigen den polnischen Diktator Pilsudski in seinem Amt. Der Pilsudski-treue »Block der Zusammenarbeit mit der Regierung« erhält die Mehrheit der Stimmen. Der Präsident und General gilt seit dem Ersten Weltkrieg als Nationalheld. Er hob 1918 die Republik aus der Taufe und führte das Land 1920 im Grenzkrieg mit Rußland zum Sieg. 1922 zog sich Pilsudski aus der Politik zurück. Als die junge Republik in Chaos und Wirtschaftsnot unterzugehen drohte, kehrte er 1926 zurück und regiert seither autoritär.

Tiefe Taille und schmale Silhouette: Mode im Zeichen des Art déco

Sport

Ein Foto von zwei Skilangläufern prangt auf Seite eins der schwedischen Zeitungen. Im Wasalauf lieferten sich Per Hedlund und Sven Utterström gestern ein Kopf-an-Kopf-Rennen. Als keiner den entscheidenden Vorsprung erringen konnte, gingen sie gemeinsam über die Ziellinie.

Wetter

Bescheiden präsentiert sich der März 1928 mit Temperaturen um 3,1 °C.

Montag 11. März

Technik

Zum dritten Mal rast der britische Automobilsportler Henry Segrave über den Strand von Daytona (USA) und stellt einen neuen Weltrekord auf. Diesmal sitzt er in einem Irving-Napier, »Golden Arrow«. Das futuristisch anmutende Gefährt macht seinem Namen alle Ehre. Es erreicht eine Geschwindigkeit von 372,456 km/h, das sind 38 km/h mehr, als der derzeitige Weltrekordhalter Ronny Keech erreichte. Segrave war bereits 1926 und 1927 der schnellste Fahrer zu Land.

Vornehm und doch lässig: Burberry aus imprägniertem Baumwollstoff

Politik

»Kampf den Rechten« heißt das Motto des ersten antifaschistischen Kongresses, der in Berlin tagt. Der französische Schriftsteller Henri Barbusse hat in initiiert. Seit dem Ersten Weltkrieg (1914 – 1918) kämpft er für die Demokratie.

Wetter

Nach einem kalten Winter erwärmen sich die Luftmassen im März 1929 allmählich wieder. Es bleibt aber mit durchschnittlich 2,6 °C noch zu kühl.

1930–1939

Highlights des Jahrzehnts

1930

- Mahatma Gandhi startet Salzmarsch
- Marlene Dietrich avanciert im Film »Der Blaue Engel« zum Weltstar
- Uruguay wird erster Fußballweltmeister
- Max Schmeling durch Disqualifikationssieg Boxweltmeister im Schwergewicht

1931

- Spanien wird Republik
- Vorführung des Ganzmetallflugzeugs »Ju 52« (»Tante Ju«)
- Empire State Building höchstes Gebäude der Welt
- Mafia-Boß Al Capone hinter Gittern

1932

- Staatsstreich in Preußen
- Wahlsieg der NSDAP
- Chaco-Krieg um Erdöl zwischen Bolivien und Paraguay
- Proklamation des Staates Saudi-Arabien

1933

- Adolf Hitler zum Reichskanzler ernannt
- Reichstagsbrand in Berlin
- Ermächtigungsgesetz in Kraft
- Deutsche Studenten verbrennen »undeutsche« Literatur

1934

- Nationalsozialistischer Volksgerichtshof gegründet
- »Röhm-Putsch« niedergeschlagen
- Mord an Bundeskanzler Dollfuß – Ende der 1. Republik Österreich
- Maos Kommunisten in China auf dem »Langen Marsch«

1935

- Judenverfolgung mit sog. Nürnberger Gesetzen
- Italien marschiert in Äthiopien ein
- Porsche baut Prototyp für VW »Käfer«
- Deutsch-britisches Flottenabkommen

1936

- Beginn des Spanischen Bürgerkriegs
- Volksfrontregierung in Frankreich
- Ausstellung »Entartete Kunst«
- XI. Olympische Spiele in Berlin zur NS-Propaganda genutzt
- Margaret Mitchell veröffentlicht »Vom Winde verweht«
- Schauprozesse in der UdSSR

1937

- Krieg zwischen Japan und China
- Georg VI. in London gekrönt
- Zeppelin LZ »Hindenburg« explodiert in Lakehurst
- Niederländische Kronprinzessin Juliana heiratet Prinz Bernhard

1938

- »Anschluß« Österreichs ans Deutsche Reich
- Münchner Abkommen soll Hitler bezähmen
- Terror gegen Juden in der »Reichskristallnacht«
- Otto Hahn gelingt erste Atomspaltung

1939

- Deutsche Truppen marschieren in Prag ein
- Hitler-Stalin-Pakt
- Beginn des Zweiten Weltkrieges

◀ **Luftige Show: Akrobaten auf dem Empire State Building (1934)**

Dienstag 11. März

Politik

Werbetrommler für den Nationalsozialismus müssen gehen. In Ulm werden drei Reichswehroffiziere verhaftet, die Nazi-Propagandamaterial unter ihren Truppen verteilt haben. Erst vor wenigen Wochen untersagte die Reichsregierung jede Form der Anwerbung. Anlaß dazu gaben Nationalsozialisten und Kommunisten, die mit allen Mitteln versuchen, Einfluß im Staat zu gewinnen. Sie verbuchen dabei große Erfolge. Viele Bürger sind seit der Weltwirtschaftskrise 1929 von der Republik enttäuscht und wenden sich den antirepublikanischen Parteien zu.

Technik

Das Berliner Haus der Technik wartet mit einer Sensation auf. Der Ingenieur Alexander Arnheim präsentiert einen Versuchs-Farbfernseher. Er griff für die Entwicklung ein Patent des Physikers von Bronk von 1902 auf. Bis es buntes Fernsehen für alle gibt, vergehen aber noch Jahrzehnte. 1951 startet CBS in den USA die erste Farbfernsehsendung, in Deutschland dauert es bis 1961.

Wetter

Angenehm mit durchschnittlich 4,1 °C kommt der März in diesem Jahr daher.

Mittwoch 11. März

Politik

Das Ende des Wettrüstens scheint in Sicht. In London einigen sich Briten, Franzosen und Italiener auf die Begrenzung der Flottenrüstung. Erste Schritte in diese Richtung wurden bereits 1922 im Washingtoner Abkommen unternommen. Damals stimmten außerdem noch die USA und Japan einer Rüstungsbeschränkung zu. 1930 wurde das Abkommen verlängert. 1934 tritt allerdings der erste Vertragspartner aus: Japan kündigt die Verträge.

Kultur

Charlie Chaplin verabschiedet sich von den Berlinern und reist weiter nach Wien. Vor zwei Tagen war der Regisseur und Schauspieler auf seiner Europa-Tournee in der Reichshauptstadt eingetroffen, um seinen neuesten Film, »Lichter der Großstadt«, vorzustellen.

Rekorde in den 30er Jahren

200 m: J. Carlton (AUS) – 20,6 sec (1932)
Weitsprung: Jesse Owens (USA) – 8,13 m (1935)
Weitsprung: Erika Junghans (GER) – 6,07 m (1939)
400 m: Rudolf Harbig (GER) – 46,0 sec (1939)

Wetter

Der Frühlingsanfang 1931 ist noch sehr kühl. Die durchschnittliche Temperatur von 0,2 °C liegt weit unter dem langjährigen Mittelwert von 3,9 °C. Trotzdem überwiegen die sonnigen Tage.

Freitag 11. März

Kultur

Zündstoff bietet die politische Oper »Die Bürgschaft« von Kurt Weill, die gestern in Berlin Premiere feierte. Sie handelt von den Leiden der einfachen Leute unter der Diktatur eines machthungrigen Herrschers. Linksgerichtete Kritiker werten das Bühnenwerk heute als Warnung angesichts der aktuellen politischen Situation. Die parlamentarische Weimarer Republik steckt in einer tiefen Krise, und die Nationalsozialisten schicken sich bereits an, ihr Erbe anzutreten. Vertreter der NSDAP verurteilen Weills Oper als »kommunistische Hetze« gegen die nationalsozialistische Revolution.

Politik

Aus der litauischen Hauptstadt Kowno wird Ex-Staatschef Voldemaras ausgewiesen. 1926 wurde er nach einem Militärputsch des rechtsgerichteten Smetona zum Ministerpräsidenten ernannt. Als er sich mit Smetona überwarf, mußte er 1929 zurücktreten. Sein Nachfolger wurde Josef Tubelis.

Wetter

Wie im Vorjahr beginnt auch 1932 der Frühling mit zu kühlem Wetter. Im März liegt die durchschnittliche Temperatur erst bei 1,2 °C. Es fallen kaum Niederschläge.

1933

Samstag 11. März

Politik

Der unbequeme Oberbürgermeister Magdeburgs, der Sozialdemokrat Ernst Reuter, wird verhaftet. Seit der Ernennung des »Führers« der NSDAP, Adolf Hitler, zum Reichskanzler im Januar werden landesweit oppositionelle Politiker ihrer Ämter enthoben. Reuter geht ins Exil. Es verschlägt ihn in die Türkei, wo er ab 1935 als Universitätsprofessor arbeitet. Nach dem Zweiten Weltkrieg wird Reuter erster Oberbürgermeister im Westteil des geteilten Berlins.

Preise in den 30er Jahren

1 kg Butter	2,96
1 kg Mehl	0,47
1 kg Fleisch	1,60
1 l Vollmilch	0,23
1 Ei	0,10
10 kg Kartoffeln	0,90
1 kg Kaffee	5,33
Stundenlohn	0,78

in RM, Stand 1934

Politik

Die »Gleichschaltung« der Länder ist voll im Gang. Nach dem Rücktritt der Regierung in Baden wird hier wie in den anderen deutschen Ländern auch ein NSDAP-Reichskommissar eingesetzt, der ein Hitler genehmes Kabinett bildet.

Wetter

Der Winter verabschiedet sich im März 1933 zügig. Das Thermometer erreicht bei klarem Himmel und strahlender Sonne Werte um 6,0 °C (langjähriger Mittelwert 3,9 °C).

Sonntag 11. März

Politik

Als »Hauptstadt der Bewegung« bezeichnet Hitler in einer Rede vor tausenden Zuhörern auf der Theresienwiese die bayerische Metropole München. Hitler hat eine besondere Beziehung zu der Stadt. Hier wurde 1920 seine Partei, die NSDAP, aus der Taufe gehoben, und hier schmiedete er auch seine Pläne für den Staatsstreich gegen die Republik (1923). Nach Hitlers Wünschen soll München zur Nazi-Residenz umgebaut werden. Er wünscht sich pompöse Bauten und große Plätze für die Aufmärsche seiner Truppen.

Stars der 30er Jahre

Louis Armstrong
Trompeter
Marlene Dietrich
Filmschauspielerin
Greta Garbo
Filmschauspielerin
Fred Astaire
Tänzer/Schauspieler
Sonja Henie
Eiskunstläuferin

Sport

Bei einem Ausscheidungsspiel für die Fußballweltmeisterschaft in Italien besiegt die deutsche Mannschaft die Luxemburger 9:1. Die Weltmeisterschaften, die im Mai beginnen, beenden die Deutschen als Drittplazierte.

Wetter

Die sonnigen Tage überwiegen im März 1934. Es fällt weniger Niederschlag als in den Vorjahren. Die Temperaturen ergeben einen durchschnittlichen Wert von 5,6 °C.

Montag 11. März

Politik

Der Exodus der deutschen Denker beschäftigt den Völkerbund. In einer Denkschrift zur »Krise in der Universitätswelt« wird über die Emigration deutscher Gelehrter berichtet. Seit 1933 verließen rund 750 Wissenschaftler das Deutsche Reich, das Forschung nur noch in den engstirnigen Grenzen der NS-Ideologie erlaubt. Viele kehren aus Verbitterung über die Greueltaten Hitlerdeutschlands auch nach dem Untergang des »Dritten Reiches« 1945 nicht zurück. Prominentestes Beispiel ist der Physiker Albert Einstein, der Deutschland 1932 verließ und 1940 die amerikanische Staatsbürgerschaft annimmt.

Politik

Maulkorb für die Presse: Die NS-Regierung verbietet kritische Berichte über den Führer der Sudetendeutschen, Konrad Henlein. Er gehört zu Hitlers Handlangern und soll die Deutschen im »Sudetengebiet« in der Tschechoslowakei auf Nazi-Kurs bringen. 1938 annektiert Hitler das deutsch-tschechische Grenzgebiet.

Wetter

Nicht spektakulär ist das Wetter im März 1935 mit einer Durchschnittstemperatur von 3,0 °C.

Mittwoch 11. März

Politik

Im Poker um die Macht gibt Hitler in einem Interview Nichtangriffsgarantien für die Staaten in West- und Osteuropa und verspricht die Rückkehr in die Staatengemeinschaft des Völkerbunds, aus dem das Deutsche Reich 1933 ausgetreten ist. Als Preis dafür verlangt er die Rückgabe der deutschen Kolonien, die der Kriegsverlierer Deutschland nach dem Ersten Weltkrieg (1914–18) abtreten mußte. Großbritannien und Frankreich lehnen jedoch ab. Tatsächlich denkt Hitler sowieso nicht daran, seinen Eroberungswahn zu zügeln. Sein Ziel ist ein nationalsozialistisches Weltreich, und die nächsten Schritte in diese Richtung macht er bereits 1938/39 mit dem »Anschluß« Österreichs sowie der Annexion des Sudetenlandes und der »Rest-Tschechei«.

Kultur

»Die letzten Vier von Santa Cruz«, der neue Film von Werner Klingler, kommt in Berlin in die Kinos. In der Hauptrolle des Western ist der populäre Schauspieler Beppo Brehm zu sehen.

Wetter

Nach einem milden Winter steigen die Temperaturen im März dieses Jahres bereits auf Werte um 5,3 °C. Es regnet weniger als in den Vorjahren.

Donnerstag 11. März

Politik

Auf Hochtouren laufen in Großbritannien die Aufrüstungsvorbereitungen. Das Oberhaus genehmigt eine Staatsanleihe von umgerechnet 4,9 Mrd. Reichsmark für den Aufbau einer schlagkräftigen Flotte. Die Briten sind nicht allein. Auch die anderen Großmächte, Frankreich, Italien, die Sowjetunion, Japan und die Vereinigten Staaten, bewaffnen sich. Höchst besorgniserregend erscheint den Demokratien die Wiederbewaffnung des Deutschen Reiches, das allein in diesem Jahr 10 Mrd. Reichsmark investiert.

Politik

Ihre Erlebnisse im Spanischen Bürgerkrieg schildern deutsche und italienische Soldaten in einem Interview der »Times«. Sie berichten von den Kämpfen der rechten Aufständischen gegen die Regierungstruppen der linken Republik, die 1936 ausbrachen. Deutsche und Italiener unterstützen die Aufständischen massiv.

Wetter

Noch zu kühl sind die Temperaturen im März 1937 mit durchschnittlich 3,4 °C. Anhaltende Niederschläge sorgen außerdem für eine unangenehm feuchte Witterung.

Freitag 11. März

Politik

Der »Anschluß« Österreichs an das Deutsche Reich steht unmittelbar bevor. Hitler befiehlt seinen Truppen, am 12. März die österreichische Grenze zu überschreiten. Die Regierung in Wien wird abgesetzt. Österreich gilt künftig als Teil Deutschlands und wird von Berlin aus regiert. Hitler, der in Österreich geboren wurde, wird von der Bevölkerung stürmisch begrüßt.

Politik

Die Lage des Deutschen Reiches ist aus Sicht des Reichsbankpräsidenten Schacht gut. Er teilt mit, daß Währung und Finanzen stabil sind. Schacht verschweigt jedoch, daß die NS-Regierung bereits auf einem riesigen Schuldenberg thront. Er ist 31 Mrd. Reichsmark hoch und macht ein Drittel des deutschen Bruttosozialproduktes aus.

Figurbetonte Eleganz in den 30er Jahren: Kostüm aus Wollstoff mit Lederpaspeln

Wetter

Temperaturen um 8,0 °C vertreiben den Winter 1938 rasch. Zum ersten Mal seit Jahrzehnten zeigt das Thermometer im März so hohe Werte an.

Samstag 11. März

Politik

Der Herr liebt es eher klassisch: Sommersakko aus hellem Fischgrät

In einem Radiointerview berichtet der slowakische Verkehrsminister Durcansky von der Besetzung slowakischer Städte durch tschechische Truppen. Sie sollen die Loslösung der Slowakei verhindern, über die der slowakische Ministerpräsident Tiso Anfang März laut nachdachte. Hitler nutzt die Krise: Er unterstützt Tisos Streben nach Unabhängigkeit, schwächt damit die Tschechen und schickt seine Truppen in die »Rest-Tschechei«.

Politik

Im Chaos des Spanischen Bürgerkriegs kämpfen in Madrid Kommunisten und Regierungstruppen um die Macht. Ende März erreichen jedoch die rechtsgerichteten Truppen von General Franco die spanische Hauptstadt. Sie entscheiden den seit 1936 tobenden Krieg gegen die Republikaner endgültig für sich.

Wetter

Regen und Kälte eröffnen im März das Frühjahr mit Durchschnittswerten von 76 mm und 2,2 °C.

1940–1949

Highlights des Jahrzehnts

1940

- Deutscher Luftkrieg gegen Großbritannien
- Beginn der Westoffensive
- Winston Churchill neuer britischer Premierminister

1941

- Schottlandflug von Rudolf Heß
- Deutscher Überfall auf die Sowjetunion
- Japan greift Pearl Harbor an – Kriegseintritt der USA
- »Citizen Kane« von Orson Welles in den Kinos

1942

- Wannsee-Konferenz beschließt Judenvernichtung
- 6. Armee in Stalingrad eingeschlossen
- Beginn alliierter Luftangriffe auf deutsche Städte
- »Casablanca« mit Ingrid Bergman und Humphrey Bogart uraufgeführt

1943

- Goebbels propagiert den »totalen Krieg«
- Ende der Widerstandsgruppe »Weiße Rose«
- Aufstand im Warschauer Ghetto scheitert

1944

- Alliierte landen in der Normandie
- Stauffenberg-Attentat auf Hitler scheitert
- Charles de Gaulle wird Staatschef Frankreichs
- US-Präsident Franklin D. Roosevelt zum dritten Mal wiedergewählt

1945

- KZ Auschwitz befreit
- Bedingungslose Kapitulation Deutschlands
- Vereinte Nationen gegründet
- Beginn der Potsdamer Konferenz
- US-Atombomben zerstören Hiroschima und Nagasaki

1946

- Gründung der SED
- Nürnberger NS-Prozesse
- US-Atombombentests im Südpazifik
- Hilfe durch Care-Pakete aus den USA
- Französischer Kolonialkrieg in Vietnam

1947

- Marshallplan-Hilfe für Europa
- Indien feiert Unabhängigkeit von Großbritannien
- GATT regelt den Welthandel
- Thor Heyerdahls »Kon-Tiki«-Expedition erfolgreich

1948

- Mahatma Gandhi ermordet
- Währungsreform in Ost und West
- UdSSR verhängt Berlin-Blockade
- Staatsgründung Israels
- Korea gespalten
- UNO-Menschenrechtsdeklaration

1949

- Gründung der NATO
- Grundgesetz für die Bundesrepublik Deutschland verkündet
- Konrad Adenauer erster Bundeskanzler
- Proklamation der Deutschen Demokratischen Republik
- Chinesische Revolution

◀ **Charlie Chaplin als »Großer Diktator« (1940)**

Montag 11. März

Politik

Zu einer Audienz bei Papst Pius XII. findet sich der deutsche Außenminister Joachim von Ribbentrop im Vatikan ein. Die beiden verstehen sich immerhin sprachlich, war das Kirchenoberhaupt doch einst päpstlicher Nuntius im Deutschen Reich. Das NS-Regime schlachtet die Begegnung gnadenlos aus. In zahllosen Artikeln wird das gute Verhältnis der Reichsregierung zur katholischen Kirche gefeiert. Die Realität sieht anders aus. Seit Jahren werden in Deutschland katholische wie evangelische Geistliche verfolgt. Die Kirche gilt den Nazis als gefährlicher Konkurrent.

Politik

Österreichischer Widerstand formiert sich im Ausland. In London wird das »Austria Office« eröffnet. Es dient als Treffpunkt für die rund 12 000 Österreicher, die seit 1938 geflohen sind. Sie kämpfen gegen den von Hitler vollzogenen »Anschluß« ihres Landes an das Deutsche Reich.

Wetter

Nach einem extrem harten Winter überwiegen erstmals in diesem Jahr Temperaturen über dem Gefrierpunkt. Anhaltende Schnee- und Regenfälle trüben allerdings die Freude über die Wetterbesserung.

Dienstag 11. März

Politik

Durch die Hintertür mischen die USA im Zweiten Weltkrieg mit. US-Präsident Roosevelt unterzeichnet das sog. Leih- und Pachtgesetz. Es erlaubt der Regierung, Staaten mit Rüstungsgütern zu versorgen, die in Europa gegen Hitler-Deutschland und seine Verbündeten kämpfen. Roosevelt umgeht mit dem Gesetz den Widerstand der sog. Isolationisten, die die direkte Einmischung in den Krieg ablehnen. Der Präsident sieht Amerika dagegen als »Bollwerk« gegen den Faschismus. Ende 1941 treten die USA aktiv in den Krieg ein.

Kultur

Hinter der Kamera statt davor stand Victor de Kowa bei den Dreharbeiten zu »Kopf hoch, Johannes«. In Berlin präsentiert der populäre Schauspieler seine Regiearbeit.

Wetter

Bei Sonne und milden Temperaturen zeigen sich im März 1941 die ersten Knospen schon bald. Das Thermometer zeigt Werte um 3,3 °C. Die Sonne hat aber noch häufig gegen Regenwolken anzukämpfen.

Preise in den 40er Jahren

1 kg Butter	3,50
1 kg Mehl	0,45
1 kg Fleisch	1,60
1 l Vollmilch	0,26
1 Ei	0,12
10 kg Kartoffeln	1,00
1 kg Zucker	0,76
Stundenlohn	0,81

in RM, Stand 1943

Mittwoch 11. März

Gesellschaft

Im Verborgenen gedeiht der Widerstand gegen Hitlers Krieg. Unter den Arbeitern der Rüstungsbetriebe im Ruhrgebiet tauchen Kettenbriefe auf, in denen anonym zum langsamen Arbeiten aufgefordert wird. Diese Form der Sabotage ist trotz der Androhung hoher Strafen, bis hin zur Einweisung in Konzentrationslager, keine Seltenheit mehr. In Berichten der SS über die Rüstungsbetriebe mehren sich Klagen über »Bummelei« am Arbeitsplatz. Sie ist Ausdruck der zunehmenden Kriegsmüdigkeit der deutschen Bevölkerung, die sich nach zweieinhalb Jahren nicht mehr so recht für den Eroberungswahn des »Führers« begeistern kann.

Politik

Als Ausgleich für deutsche U-Boot-Angriffe auf Handelsschiffe beschlagnahmt das neutrale Brasilien sämtliche deutschen Vermögen im Lande. Seit Beginn des Jahres operieren deutsche U-Boote im Atlantik.

Wetter

Nur 14 mm Niederschlag werden im März 1942 gemessen, während der langjährige Mittelwert bei 31 mm liegt. Die Sonne kommt dafür um so häufiger zum Vorschein (149 Stunden).

1943

Donnerstag 11. März

Politik

Mit ihrem ärgsten Feind verhandeln Vertreter der jugoslawischen Partisanen in Gornij Vakuf. Sie vereinbaren mit den deutschen Besatzungsbehörden den Austausch von zwölf Partisanen gegen dieselbe Anzahl Deutscher. 1941 marschierten deutsche und italienische Truppen in Jugoslawien ein. Seither werden sie von Partisanen bekämpft. Einer ihrer Anführer ist Josip Broz Tito, der spätere Präsident Jugoslawiens.

Rekorde in den 40er Jahren

5000 m: G. Hägg (SWE) – 13:58,2 min (1942)
Hochsprung: Fanny Blankers-Koen (HOL) – 1,71 m (1943)
Marathon: Suh Yun Bok (KOR) – 2:25:39 h (1947)
Speerwerfen: Natalia Smirnizkaja (URS) – 53,41 m (1949)

Politik

Zu einem Antikriegsstreik rufen die Arbeiter der Turiner Rüstungsbetriebe auf. »Für Frieden und Freiheit« legen sie am 12. März die Arbeit nieder. Seit 1940 kämpfen die Italiener als Verbündete des Deutschen Reiches im Weltkrieg. Im Juli landen alliierte Truppen in Sizilien. Zwei Monate später schließt Italien mit ihnen einen Waffenstillstand.

Wetter

Besonders schön und trocken ist das Wetter im März 1943. Den geringen Niederschlägen (10 mm) entsprechen 189 Sonnenscheinstunden.

Samstag 11. März

Politik

Hitler entrinnt nur knapp dem Tode. Ein von Offizier Henning von Treschkow geplanter Anschlag auf den »Führer« scheitert. Der Überbringer der Bombe, die auf dem »Berghof« bei Berchtesgaden deponiert werden soll, gelangt nicht in das Beratungszimmer Hitlers. Auch das nächste von Offizieren verübte Attentat am 20. Juli scheitert. Hitler hat damit seit 1936 neun Anschläge und Attentatsversuche unbeschadet überstanden. Unter den Offizieren wächst wegen der katastrophalen militärischen Lage der Widerstand. 1945 entzieht sich Hitler durch Selbstmord der Verantwortung für seine Verbrechen.

Politik

Harte Strafen verhängt die französische Exilregierung in Algier gegen »Freunde der Deutschen«. Pierre Pucheu, der Ex-Innenminister der deutschfreundlichen Regierung im besetzten Frankreich, wird zum Tode verurteilt. Das Regime wurde nach dem deutschen Einmarsch 1940 als Regierung von Hitlers Gnaden in Vichy errichtet.

Wetter

Mit Regen und zu niedrigen Temperaturen beginnt im März 1944 der Frühling.

Sonntag 11. März

Politik

Das Märchen vom Endsieg verbreitet Hitler bei seinem Besuch an der Ostfront, die inzwischen bis an die Oder zurückgedrängt worden ist. Er beschwört die Offiziere, den sowjetischen Vormarsch auf Berlin zu verhindern, und verspricht den baldigen Einsatz einer Wunderwaffe, die die Wende bringen werde. In seiner fanatischen Verblendung ist Hitler blind für die Realitäten. An der alliierten Überlegenheit ist nicht zu rütteln. Im April fällt Berlin. Das Ende des Zweiten Weltkriegs steht unmittelbar bevor.

Politik

Kambodscha nutzt den Krieg, um die koloniale Herrschaft abzuschütteln. König Norodom Sihanuk proklamiert die Unabhängigkeit des Landes. Seit 1878 stand es unter der Herrschaft Frankreichs. 1941 marschierten japanische Truppen ein, die die Franzosen verdrängten.

Stars der 40er Jahre

Humphrey Bogart
Filmschauspieler
John Wayne
Filmschauspieler
Katharine Hepburn
Filmschauspielerin
Hans Albers
Filmschauspieler
Joe Louis
Boxer

Wetter

Nach einem kalten Winter herrscht im März endlich Tauwetter. Die Temperaturen steigen auf durchschnittlich 6,8 °C.

Montag 11. März

Gesellschaft

Die Veteilung der Lebensmittelvorräte übernimmt in Hamburg das Zentralamt für Ernährung und Landwirtschaft. Seine Mitarbeiter stehen vor einer schweren Aufgabe. In Deutschland herrschen Hunger und Not. Nach fast sechs Jahren Krieg läuft die Produktion nur langsam an. Ende März werden die Rationen auf 1275 Kilokalorien täglich gesenkt, etwa die Hälfte des Normalverbrauchs. Im Sommer treffen aus den USA die ersten CARE-Pakete ein. Private und kirchliche Organisationen sammeln Spenden für die Lebensmittelsendungen.

Über das erstaunlich gute Gedächtnis eines sowjetischen Spions wundern sich die kanadischen Behörden. Bei seiner Festnahme zeigt er sich geständig und legt eine Liste mit 1700 Namen seiner Kollegen vor.

Politik

Über den »Eisernen Vorhang« debattieren britische Labour-Politiker auf ihrem Parteitag in Brighton. Das Schlagwort stammt von Ex-Premier Churchill. Er prangerte kürzlich in einer Rede die Grabenkämpfe zwischen USA und Sowjetunion an, die seit 1945 Europa spalten.

Wetter

Gelegentliche Niederschläge und eine Durchschnittstemperatur von 3,8 °C lassen den März 1946 recht mittelmäßig erscheinen.

1947

Dienstag 11. März

Politik

Als Berater der Alliierten wirken deutsche Politiker künftig bei der Lösung innerdeutscher Probleme mit. In der US-amerikanischen Besatzungszone wird der sog. parlamentarische Rat des Länderrats eingerichtet. In ihm sitzen deutsche Fachleute, die den Alliierten zur Seite stehen. Damit nimmt die politische Selbstverwaltung der Deutschen deutlichere Formen an. Nach Kriegsende behielten sich die Besatzungsmächte aus begründetem Mißtrauen gegenüber dem ehemaligen Hitler-Staat zunächst vor, alle wichtigen politischen Entscheidungen selbst zu treffen.

Gesellschaft

Neue CARE-Pakete treffen in deutschen Haushalten ein. Die Lebensmittelsendungen aus den USA wurden erstmals 1946 verteilt. Zunächst enthielten sie Restbestände der amerikanischen Truppen. Jetzt enthalten sie auch Luxuswaren wie Schokolade, Kaffee und Zigaretten.

Wetter

Kein Ende will der Winter in diesem Jahr nehmen. Der Frühlingsmonat März ist 1947 immer noch vergleichsweise frostig. Die Durchschnittstemperatur liegt um zwei Grad niedriger als gewöhnlich.

Donnerstag 11. März

Gesellschaft

Ein Frachter voller Lebensmittel landet in Bremen. Die »Gretna Victory« kommt aus den USA, wo wohltätige Helfer monatelang Spenden gesammelt haben. Mit dem sog. Freundschaftszug fuhren sie von Stadt zu Stadt und baten um Nahrungsmittel für die notleidenden Menschen in Europa. 3000 Tonnen werden jetzt den Deutschen übergeben. Sie kommen Kindern und Jugendlichen zugute, die unter den Kriegsfolgen besonders zu leiden haben. Drei Jahre nach Kriegsende herrscht noch immer erhebliche Unterversorgung in Deutschland.

Das Extravagante an diesem Sommerkleid: der mit Tapeziernägeln besetzte Gürtel

Politik

Die britischen Truppen verlassen Palästina. Seit 1916 versuchten die Briten, zwischen Juden und Arabern im Nahen Osten zu vermitteln. Jetzt überlassen sie die Konfliktparteien sich selbst. Kurz darauf wird der Staat Israel gegründet.

Wetter

Im März steigt das Thermometer kräftig. Die Werte liegen mit durchschnittlich 5,6 °C fast zwei Grad über dem langjährigen Mittelwert.

Freitag 11. März

Politik

Der erste Staatschef Israels nimmt seine Amtsgeschäfte auf. David Ben Gurion wurde gestern vom Parlament bestätigt. Er amtierte bereits seit der Gründung Israels im Mai 1948 provisorisch. Jetzt ist der jüdische Staat Israel im Inneren voll funktionsfähig. Von außen wird seine Existenz allerdings schon seit 1948 bedroht. Die arabischen Nachbarn, die ebenfalls Anspruch auf Palästina erheben, griffen den jüdischen Staat sofort an. Dem ersten israelisch-arabischen Krieg von 1948/49 folgen bis 1973 drei weitere. Der Nahostkonflikt dauert bis in die 90er Jahre an.

Das Modemagazin »Esquire« stellt diese Abendmode für den Herrn vor

Politik

20 000 Flüchtlinge siedeln in die französische Besatzungszone Deutschlands über. Sie mußten nach dem Zweiten Weltkrieg aus den früheren deutschen Ostgebieten fliehen und lebten seither in Übergangslagern.

Wetter

Für die Jahreszeit zu kühl ist es im März 1949. Die Temperaturen erreichen einen Schnitt von 2,5 °C.

1950–1959

Highlights des Jahrzehnts

1950

- Ausbruch des Koreakrieges
- Abschaffung der Lebensmittelmarken in Deutschland

1951

- Debatte um die Wiederaufrüstung Deutschlands
- Skandal um Hildegard Knef als »Sünderin«
- Erster Schritt zur europäischen Einigung: Montanunion perfekt
- Der persische Schah Mohammed Resa Pahlewi heiratet Soraya

1952

- Helgoland wieder unter deutscher Verwaltung
- Staatsstreich in Ägypten
- DDR riegelt Grenze ab
- Dwight D. Eisenhower wird zum 34. US-Präsidenten gewählt
- USA zünden Wasserstoffbombe
- In Deutschland bricht das Fernsehzeitalter an

1953

- Tod des sowjetischen Diktators Josef Stalin
- Volksaufstand in der DDR
- Elisabeth II. zur Königin von Großbritannien und Nordirland gekrönt
- Mount Everest: Höchster Berg der Welt bezwungen

1954

- Französische Niederlage in Vietnam
- Deutschland wird in Bern Fußballweltmeister
- Beginn des Algerienkrieges
- Mit »That's alright Mama« beginnt der Aufstieg von Elvis Presley

1955

- Die Bundesrepublik wird ein souveräner Staat
- Gründung des Warschauer Paktes
- Tragischer Tod von James Dean
- Erste »documenta«

1956

- Traumhochzeit von Grace Kelly und Rainier III. von Monaco
- Volksaufstand in Ungarn
- Suezkrise führt zu Nahostkrieg
- Musical »My Fair Lady« beginnt seinen Siegeszug um die Welt

1957

- Gründung der EWG
- »Sputnik-Schock« bildet Auftakt zu Wettlauf im All
- Heinz Rühmann als »Hauptmann von Köpenick« gefeiert
- Erste Massenimpfung gegen Kinderlähmung

1958

- De Gaulle und Adenauer begründen deutsch-französische Freundschaft
- Rock 'n' Roll-Fieber grassiert weltweit
- Pelé – Star der Fußballweltmeisterschaft in Schweden
- Atomium ist Wahrzeichen der Weltausstellung in Brüssel

1959

- Fidel Castro übernimmt die Macht in Kuba
- Hula-Hoop-Welle schwappt aus den USA nach Europa
- Premiere des Marilyn-Monroe-Films »Manche mögen's heiß«
- Erste Bilder von der Rückseite des Mondes

◀ **Marilyn Monroe singt für US-Soldaten im Koreakrieg (1954)**

Samstag 11. März

Rekorde in den 50er Jahren

Kugelstoßen: Jim Fuchs (USA) – 17,95 m (1950)
10 000 m: Emil Zátopek (TCH) – 28:54,6 min (1954)
800 m: R. Moens (BEL) – 1:45,7 min (1955)
Eisschnellauf: Eugen Grischin (URS) – 1000 m in 1:22,8 min (1955)

Gesellschaft

In den Teutoburger Wald strömen tausende Jugendliche. Sie demonstrieren gegen Pläne der britischen Besatzungstruppen, einen Teil des Gebietes zum Schießplatz umzufunktionieren. Die Militärübungen der Briten, die seit Kriegsende 1945 als eine der vier alliierten Mächte einen Teil Deutschlands besetzt hatten, rufen auch andernorts Empörung hervor. Seit 1945 nutzen britische Flieger Helgoland als Testgelände für Bombenabwürfe. Bei ihrer Rückgabe an die Deutschen 1952 ist die Insel vollkommen zerstört.

Gesellschaft

Südamerikanische Rhythmen erklingen beim zweiten internationalen Tanzturnier in Stuttgart. Von Neugierigen umringt, führen spanische Tanzpaare erstmals den »Quinto« vor. Der schnelle Tanz verlangt äußerste Konzentration.

Wetter

Bei geringen Niederschlägen erwärmt sich die Luft im März 1950 auf Werte um 5,4 °C.

Sonntag 11. März

Gesellschaft

Deutschland ist im Messe-Streß: Die Industriemesse in Hannover schließt gerade ihre Pforten, da eröffnet in Frankfurt am Main schon die nächste Messe. Der hessische Ministerpräsident Zinn hält die Eröffnungsrede und stellt fest: Die Frankfurter Messe hat einen Vorsprung vor den Hannoveranern. Die Konkurrenz begann nach der deutschen Teilung 1949. Mit der Gründung der DDR war die altehrwürdige Leipziger Messe für die BRD zumindest vorläufig tabu. Westdeutschland sucht nach Ersatz.

Politik

Der Zankapfel Triest erregt die Gemüter tausender Demonstranten in Rom. Sie fordern die Rückgabe der Region an der jugoslawischen Grenze an Italien. Bei Kriegsende 1945 wurde Triest von jugoslawischen Partisanen besetzt. Um den Streit zu schlichten, errichtete die UNO 1947 den Freistaat Triest unter internationaler Verwaltung. 1954 erhält Italien die Stadt und einen Teil des Umlandes zurück.

Wetter

Naß und kalt ist es zum Frühlingsbeginn 1951. 61 mm Niederschlag fallen. Die Temperaturen bleiben mit durchschnittlich 2,2 °C relativ niedrig.

Dienstag 11. März

Politik

Der Verwalter der britischen Finanzen, Schatzkanzler Butler, verordnet einen strengen Sparkurs. Die Importausgaben werden um jährlich 100 Mio. Pfund gekürzt. Sinn der Sache ist die Überwindung der Wirtschaftskrise, unter der das Land seit Kriegsende 1945 leidet. Die immensen Kriegsanstrengungen schwächten die Wirtschaft nachhaltig. Als 1947 noch die bedeutendste Kolonie Indien unabhängig wurde, gingen wichtige Rohstoffquellen und Absatzmärkte verloren.

Politik

Der neue Diktator, General Batista, tritt auf Kuba sein Amt an. Am Vortag hat er die seit 1948 amtierende Regierung, die durch Korruptionsskandale in die Krise geraten war, gestürzt. Batista, der bereits von 1933 bis 1944 an der Macht war, löst das Parlament auf und baut seine Macht aus. 1956 muß er vor dem Revolutionär Fidel Castro fliehen, der das Land bis in die 90er Jahre beherrscht.

Wetter

Die Schlechtwetterfront, die zu Beginn des Jahres für trübe Aussichten gesorgt hatte, wird endlich verdrängt. Aber dennoch bleiben die Temperaturen mit durchschnittlich 1,2 °C zu niedrig.

Mittwoch 11. März

Politik

Gnade vor Recht lassen die französischen Abgeordneten ergehen. Sie stimmen der Freilassung von Politikern und Beamten zu, die während des Zweiten Weltkriegs mit den deutschen Besatzern zusammenarbeiteten. Acht Jahre nach Kriegsende sitzen noch 28 000 Franzosen wegen Kollaboration im Gefängnis. Nach dem deutschen Einmarsch 1940 durfte die sog. Vichy-Regierung einen Teil des Landes weiter verwalten. Sie erkaufte sich dieses Recht mit einer deutsch-freundlichen Politik.

Politik

Scharfe Proteste richten die USA an die Tschechoslowakei. Zwei Flieger schossen gestern an der deutsch-tschechischen Grenze einen US-Düsenjäger ab. Die Prager Regierung behauptet, der Flieger sei in ihren Luftraum eingedrungen.

Stars der 50er Jahre

Marilyn Monroe
Filmschauspielerin
James Dean
Filmschauspieler
Elvis Presley
Sänger
Sophia Loren
Filmschauspielerin
Brigitte Bardot
Filmschauspielerin

Wetter

Die Sonne scheint so häufig (213 Stunden), daß die Temperaturen im März 1953 auf durchschnittlich 5,8 °C ansteigen. Im Vergleich zu den Vorjahren regnet es außergewöhnlich selten.

Donnerstag 11. März

Politik

Süßigkeiten sind wieder »made in Germany«. Erstmals seit Kriegsende 1945 wird der Zuckerbedarf der Deutschen aus eigener Produktion gedeckt. Bis jetzt mußte ein Drittel des süßen Grundstoffes importiert werden.

Verwirrung der Begriffe herrscht in der Bundespolitik. Bundesminister Jakob Kaiser klärt in einer Rede auf: Der Begriff »Ostzone« dürfe nicht länger als Bezeichnung für die DDR verwendet werden. Sie sei vielmehr als »sowjetische Besatzungszone« zu umschreiben, weil mit »Ostzone« nur jene Gebiete gemeint sein könnten, die Deutschland 1945 an Polen abtreten mußte. Auf die Idee, die DDR einfach beim Namen zu nennen, kommt in Bonn niemand. Sie wird von der BRD nicht als Staat anerkannt. Erst der Entspannungspolitiker Willy Brandt beendet Anfang der 70er Jahre das Verwirrspiel.

Technik

Die neuesten Modelle werden beim Internationalen Automobilsalon in Genf vorgestellt. Der drittgrößte Autohersteller der Welt, die BRD, glänzt mit der 220er-Limousine von Mercedes-Benz.

Wetter

Bei gelegentlichem Sonnenschein erwärmt sich die Luft im März auf durchschnittlich 3,8 °C.

Freitag 11. März

Politik

Nach zehn Jahren bahnt sich das Ende der alliierten Besatzungsherrschaft in Österreich an. Die sowjetische Regierung verkündet, sie sei bereit, ihre Soldaten abzuziehen. Nach Kriegsende 1945 besetzten die Alliierten Österreich und teilten es in vier Besatzungszonen auf. Die Wiederherstellung des Staates scheiterte in den folgenden Jahren an Streitigkeiten zwischen den Westmächten und der Sowjetunion. Die geographische Lage des Landes zwischen den beiden Machtblöcken in West und Ost erschwerte die Einigung. Sie kommt jetzt unter der sowjetischen Bedingung zustande, daß Österreich ein neutraler Staat sein soll. Im Mai stimmen alle vier Besatzer dem Abzug zu.

Politik

Der streitbare Bischof Otto Dibelius tritt seine zweite Amtszeit als Präsident der Evangelischen Kirche in Deutschland an. Er gilt als engagierter Kämpfer gegen das SED-Regime in der DDR.

Wetter

Noch viel zu kalt ist es mit einem Schnitt von 0,6 °C im März 1955. Der wolkenverhangene Himmel und die relativ häufigen Niederschläge machen es der Sonne schwer.

1956

Sonntag 11. März

Politik

Genugtuung spricht aus den Artikeln der jugoslawischen Presse, die über die Entschädigung aus der BRD berichten. Gestern einigte sich der deutsche Bundestag auf eine Zahlung von 300 Mio. DM als Ausgleich für die im Zweiten Weltkrieg in Jugoslawien angerichteten Schäden. Das Land wurde 1941 von deutschen und italienischen Truppen besetzt. Die Faschisten errichteten ein Terrorregime.

Technik

Alle Rekorde bricht ein Düsenflugzeug der britischen Royal Air Force vom »Typ Fairey Delta 2«. Es stellt mit einer Spitzengeschwindigkeit von 1811,3 km/h einen Weltrekord auf. Damit wird die amerikanische Konkurrenz entthront, die mit ihren schnellsten Kampfflugzeugen 1318,4 km/h schafft.

Preise in den 50er Jahren

1 kg Butter	6,75
1 kg Mehl	0,76
1 kg Fleisch	5,01
1 l Vollmilch	0,40
1 Ei	0,23
10 kg Kartoffeln	2,14
1 kg Kaffee	21,40
Stundenlohn	1,96

in DM, Stand 1955

Wetter

Strahlender Sonnenschein leitet im März 1956 den Frühling ein. Die Temperaturen steigen auf durchschnittlich 3,2 °C. Das schöne Wetter wird nur gelegentlich von Regengüssen getrübt.

Montag 11. März

Technik

Die Radartechnik ist auf dem Vormarsch: Auf dem Flughafen Essen-Mülheim geht das erste Radargerät für meteorologische Forschungen in Betrieb. Die Technik, bei der mittels Reflexion elektromagnetischer Wellen Objekte »abgetastet« werden, wird mannigfaltig eingesetzt. 1952 erblickte in der Schweiz »Sabor«, der erste radargesteuerte Roboter das Licht der Welt, seit 1955 dienen Radarsysteme der US-Luftverteidigung und in Italien werden Schiffe per Radar durch den Nebel gelotst.

Politik

Die ersten Rekruten treten ihren Dienst beim »Bund« an. Der Aufbau der Bundeswehr begann 1955, nach dem NATO-Beitritt der BRD. Bis zur Einführung der Wehrpflicht 1956 bestand sie aus 80 000 Freiwilligen. Bis Jahresende sollen 120 000 Mann »unter Waffen stehen«.

Wetter

Angenehm mild ist es im März 1957. Der Monatsdurchschnitt liegt bei 5,8 °C. Die Sonne kommt allerdings nur relativ selten zum Vorschein. Während der langjährige Mittelwert für die Sonnenscheindauer im März bei 151 Stunden liegt, werden 1957 nur 92 Stunden gemessen.

Dienstag 11. März

Politik

Eine ungewöhnliche Rede hält der SPD-Abgeordnete Carlo Schmid in Warschau. Er beteuert, daß jeder »redliche Deutsche« die während des Zweiten Weltkriegs in Polen begangenen deutschen Verbrechen bedaure. Er ruft zu neuen deutsch-polnischen Beziehungen auf. Die CDU-Regierung daheim teilt diesen Wunsch nicht. Sie setzt ganz auf Anlehnung an den Westen und macht Richtung Osten die Schotten dicht. Erst der Kniefall von SPD-Kanzler Brandt vor dem Mahnmal für die Opfer des Warschauer Ghettos legt 1970 den Grundstein für die Aussöhnung.

Stets korrekt und im Zweifelsfall eher weit geschnitten: Herrenmode in den 50ern

Gesellschaft

Gefährliche Ladung verliert ein US-Düsenbomber. Er wirft versehentlich eine Atombombe über South Carolina ab. Sie enthält keinen atomaren Sprengkopf, zerstört aber sechs Häuser.

Wetter

Noch in weiter Ferne scheint der Frühling im März 1958 bei einer mittleren Temperatur von 0,5 °C. Die Sonne sorgt nur selten für Wärme.

Mittwoch 11. März

Politik

Der Bildungsnotstand in der BRD ruft die UNESCO auf den Plan. Die Organisation der Vereinten Nationen, die sich um Kultur, Wissenschaft und Erziehung kümmert, teilt mit, daß in der BRD rund 10 000 Lehrer fehlen. Durchschnittlich 40 Schulkinder drängeln sich zur Zeit in einer Klasse, so daß geregelter Unterricht nur schwerlich möglich ist. Deutsche Bildungsexperten führen die Misere auf die schlechte Bezahlung der Pädagogen zurück.

Für eine gute Figur auf der Tanzfläche: Kleid aus Chiné-Taft

Sport

Im Autodrom von Monza stellt ein Porsche Spyder RS sechs neue Weltrekorde für Sportwagen bis 2000 ccm auf. So fährt Richard von Frankenberg über eine Stunde eine Durchschnittsgeschwindigkeit von 225,3 km/h; der Rekord lag bislang bei 216,6 km/h.

Wetter

Ausgiebig schön ist der März 1959. Die Temperaturen steigen auf durchschnittlich 7,1 °C und liegen damit weit über dem langjährigen Mittel (3,9 °C).

1960–1969

Highlights des Jahrzehnts

1960

- Gründung der EFTA
- Frankreich wird 4. Atommacht
- John F. Kennedy wird 35. Präsident der USA
- Hochzeit des Jahres: Fabiola und König Baudouin von Belgien

1961

- Erster Mensch im Weltraum: der Russe Juri Gagarin
- Bau der Mauer in Berlin
- Gründung von Amnesty International

1962

- Flutkatastrophe an der Nordseeküste und in Hamburg
- Kuba-Krise: USA erzwingen Abbau sowjetischer Raketenbasen
- »Spiegel«-Affäre löst Regierungskrise aus
- Start der erfolgreichsten Serie der Kinogeschichte: James Bond

1963

- Deutsch-Französischer Freundschaftsvertrag
- US-Präsident Kennedy wird in Dallas erschossen
- Marika Kilius und Hans-Jürgen Bäumler werden Weltmeister im Eiskunstlaufen

1964

- Die USA greifen in den Vietnamkrieg ein
- Revolution in der Damenmode: der Minirock
- Der 22jährige Cassius Clay wird jüngster Boxweltmeister
- UdSSR: Breschnew neuer KP-Chef
- Erfolgreichste Pop-Gruppe der 60er: die Beatles
- Den Rolling Stones gelingt der internationale Durchbruch

1965

- Im Alter von 90 Jahren stirbt in London Winston Churchill
- Erste Fotos vom menschlichen Embryo im Mutterleib
- Ziehung der Lottozahlen erstmals im Fernsehen

1966

- Große Koalition aus CDU/CSU und SPD gebildet
- APO beginnt sich zu formieren

1967

- Sechs-Tage-Krieg in Nahost
- Erste Herztransplantation
- Bürgerkrieg in Biafra
- Kult-Musical »Hair« wird uraufgeführt

1968

- Ermordung des schwarzen Bürgerrechtlers Martin Luther King und des US-Präsidentschaftskandidaten Robert Kennedy
- »Prager Frühling« durch Einmarsch von Warschauer-Pakt-Truppen beendet
- Aufklärungswelle erreicht den Schulunterricht

1969

- Willy Brandt wird Kanzler einer sozialliberalen Koalition
- Der erste Mensch betritt den Mond
- »Sesamstraße« begeistert Millionen von Kindern
- Rockfestival in Woodstock

◀ **John, Paul, George und Ringo: Beatlemania von München bis Manila**

Freitag 11. März

Politik

Seit 175 Stunden reden im US-Senat in Washington ohne Unterbrechung 18 demokratische Abgeordnete aus den Südstaaten, um die Abstimmung über ein Gesetz zu verhindern. Ihre Marathon-Debatte richtet sich gegen das gleichberechtigte Wahlrecht für Schwarze. Bisher dürfen sie nur wählen, wenn sie zuvor einen Bildungs- und Intelligenztest bestanden haben. Seit Mitte der 50er Jahre fordern schwarze US-Bürger nachdrücklich ihre Gleichberechtigung. 1963 demonstrieren 250 000 Menschen in Washington. Ein Jahr darauf tritt das Bürgerrechtsgesetz zur Aufhebung der Rassentrennung in Kraft. Dennoch werden die USA weiterhin von Rassenunruhen erschüttert.

Technik

Der erste Start eines Sonnensatelliten gelingt in den USA. Die Sonde »Pioneer V b« sendet Informationen über Sonnenwinde und Energieausbrüche zur Erde. Die Daten legen einen Rekordweg von 36 Mio. km zurück.

Wetter

Das Frühjahr beginnt im März 1960, der mit 4,1 °C etwas wärmer als normal ist (langjähriger Mittelwert 3,9 °C), nach Plan.

1961

Samstag 11. März

Gesellschaft

Zufriedene Bundesbürger präsentiert eine Umfrage des EMNID-Instituts. Danach lebt heute jeder zweite Deutsche besser als vor dem Zweiten Weltkrieg. Rund ein Drittel der Befragten sieht keinen Unterschied zur Lebensqualität in Vorkriegsdeutschland. Nur 15% halten noch die »guten alten Zeiten« hoch, in denen alles besser war. Der wachsende Wohlstand durch das Wirtschaftswunder zeigt sich bei der Ernährung. 1961 geben deutsche Familien 300 DM monatlich für Lebensmittel aus. Das entspricht etwa 44% des Einkommens.

Sport

Das Spiel BRD gegen DDR bei der Eishockey-Weltmeisterschaft fällt aus. Die Mannschaften konnten sich nicht darauf einigen, welche Nationalhymne bei der Siegerehrung gespielt werde sollte. Die Bundesregierung erkennt die DDR nicht als souveränen Staat an.

Preise in den 60er Jahren

1 kg Butter	7,58
1 kg Mehl	1,06
1 kg Fleisch	7,91
1 l Vollmilch	0,50
1 Ei	0,21
10 kg Kartoffeln	2,88
1 kg Kaffee	16,61
Stundenlohn	4,15

in DM, Stand 1964

Wetter

Bereits sehr warm mit 6,7 °C im Durchschnitt ist es im März 1961. Es ist aber wolkiger als sonst.

Sonntag 11. März

Gesellschaft

Der Sendestart des ZDF steht unmittelbar bevor. Der Universitätsprofessor Karl Holzamer wird in Mainz zum Intendanten des Zweiten Deutschen Fernsehens gewählt. Die Vorbereitungen für den 1963 geplanten Sendestart der ARD-Konkurrenz können jetzt beginnen. Am 1. April ist so weit. Mit einer musikalischen Unterhaltungsshow feiert das ZDF seine Premiere. Damit ist der Traum vom »Kanzlerfernsehen« ausgeträumt. Adenauer schlug 1960 ein zweites Programm vor, das sich allein auf die CDU-regierten Länder stützen sollte. Das Bundesverfassungsgericht vereitelte diesen Plan.

Politik

Die letzten Vorbereitungen für die Abrüstungskonferenz trifft in Genf der US-amerikanische Außenminister in Gesprächen mit seinem britischen und sowjetischen Amtskollegen. Die Genfer Konferenz, die am 14. März beginnt, läßt erstmals seit dem Abbruch der Verhandlungen 1960 auf das Ende des Wettrüstens hoffen.

Wetter

Außergewöhnlich kalt bleibt es im März 1962 mit einem Monatsschnitt von gerade 1,0 °C gegenüber einem Normalwert von 3,9 °C.

Montag 11. März

Politik

Ohne die CDU wird künftig in Westberlin regiert. Der neue Senat, der ausschließlich aus SPD- und FDP-Politikern besteht, nimmt seine Tätigkeit auf. Im Februar konnte die SPD bei den Senatswahlen über 60% der Stimmen für sich verbuchen. Die bisher an der Regierung beteiligte CDU erhielt nur knapp 29% und geht jetzt in die Opposition. Regierender Bürgermeister bleibt Willy Brandt, der dieses Amt bereits seit 1957 innehat. 1966 zieht er als Außenminister nach Bonn.

Rekorde in den 60er Jahren

Stabhochsprung: Brian Sternberg (USA) – 5,00 m (1963)
Hochsprung: V. Brumel (URS) – 2,28 m (1963)
Weitsprung: Bob Beamon (USA) – 8,90 m (1968)
100 m: Jim Hines (USA) – 9,9 sec (1968)

Kultur

Heftige Proteste hagelt es in der italienischen Presse gegen die Verurteilung des Filmregisseurs Pier Paolo Pasolini. Er war wegen Beleidigung der katholischen Kirche angeklagt. Sein neuer Film »La Ricotta« zeigt in vermeintlich respektloser Weise u.a. die Kreuzabnahme Jesu.

Wetter

Noch winterlich ist es im März 1963: Die Temperaturen um 2,7 °C liegen unter dem Standard.

Mittwoch 11. März

Politik

Gegen die Luftangriffe Südvietnams auf ihr neutrales Land demonstrieren tausende Kambodschaner vor der US-Botschaft in Phnom Penh. Die USA unterstützen Südvietnam im Kampf gegen die Vietcong und den kommunistischen Norden. Seit 1963 sind über 16 000 sog. US-Militärberater in Vietnam. Seither wird das Nachbarland Kambodscha in die Kämpfe verwickelt. Im August verstärken die USA ihren Militäreinsatz im Vietnamkrieg, aus dem sie sich erst 1973 zurückziehen.

Die Volkswagenwerke wehren sich gegen ein »Fehlurteil«. Sie stellen Strafantrag gegen die Herausgeber der Zeitschrift »DM«, die in ihrem Test den neuen VW 1500 S als »nicht empfehlenswert« einstufte.

Politik

Ein Prozeß gegen 26 Rechtsradikale beginnt in Bonn. Die Mitglieder der Kroatischen Kreuzerbruderschaft überfielen Ende 1962 die Bonner Botschaft Jugoslawiens. Sie kämpfen gegen die sozialistische jugoslawische Regierung unter Tito.

Wetter

Sehr kalt bleibt es im März 1964 mit einem Monatsdurchschnitt von nur 0,4 °C. Dabei scheint die Sonne 119 Stunden, doch fällt der Niederschlag von 38 mm fast durchweg als Schnee.

Donnerstag 11. März

Gesellschaft

Freien Eintritt haben künftig alle Bundesbürger auf deutschen Bahnsteigen. Die Bundesbahn schafft die althergebrachten Wärterhäuschen ab. An ihnen führte bislang kein Weg vorbei. Reisenden wies der Bahnsteigwärter nach der Kontrolle des Tickets den Weg zum richtigen Gleis, Freunden und Verwandten, die zum Abschied winken wollten, nahm er dagegen 20 Pfennig ab. Die Abschaffung dieses Service soll der Bahn ein modernes Image verschaffen. Es regt sich allerdings Besorgnis über die Zunahme von Schwarzfahrerei. Ihr wird durch den Verkauf verteuerter Fahrkarten in den Zügen ein Riegel vorgeschoben.

Kultur

Die Presse spottet über die bundesdeutschen Moralwächter. In zahlreichen Artikeln wird das Verbot des Romans »Die Memoiren der Fanny Hill« kritisiert. Die Bundesprüfstelle setzte das erotische Werk von 1749 gestern auf die Liste der jugendgefährdenden Schriften.

Wetter

Bei 2,3 °C fällt im März mit 61 mm doppelt soviel Niederschlag, wie der langjährige Mittelwert für diesen Monat erwarten läßt.

Freitag 11. März

Politik

»Beruhigende« Nachrichten kommen aus den USA. Das Verteidigungsministerium teilt mit, der Einsatz von Atombomben im Vietnamkrieg sei nicht geplant. Ansonsten setzen die USA seit 1964 allerdings alles ein, was sie militärisch zu bieten haben, um mit Südvietnam die Vietcong und den kommunistischen Norden zu schlagen. Im Februar versprühten US-Piloten erstmals hochgiftige Pflanzenschutzmittel, um in »entlaubten« Wäldern Nachschubwege freizulegen. Seit 1965 fliegen US-Bomber schwere Angriffe auf Vietnam. Bis 1968 schicken die USA über ein halbe Million Soldaten in den Krieg, aus dem sie sich 1973 zurückziehen.

Politik

Die »kommunistische Ära« Indonesiens ist vorüber. General Suharto löst den sozialistischen Regierungschef Sukarno ab. Suharto, der bis in die 90er Jahre amtiert, öffnet sein Land dem Westen und strebt nach industrieller Modernisierung.

Wetter

Feucht gestaltet sich der Frühlingsstart im März 1966. Mit 87 mm liegt die Niederschlagsmenge wesentlich höher als im langjährigen Mittel (31 mm). Nur 94 statt 151 Stunden Sonne werden gemessen.

1967

Samstag 11. März

Gesellschaft

Pockenalarm rufen die Regensburger aus. Eine 58jährige Mitbürgerin zeigt nach einer Indienreise alle Symptome der gefährlichen und hochansteckenden Viruskrankheit. Sie wird sofort unter Quarantäne gestellt, hat aber bereits mehrere Menschen infiziert. Die Krankheit, die mit Fieber und dem typischen Hautausschlag beginnt, verläuft in 20–50% der Fälle tödlich. 1979 gilt die Krankheit infolge eines Pockenschutzprogramms der Weltgesundheitsbehörde als besiegt.

Stars der 60er Jahre

Die Beatles
Popgruppe
Sean Connery
Filmschauspieler
Pelé
Fußballspieler
Jean Paul Belmondo
Filmschauspieler
Dustin Hoffman
Filmschauspieler

Politik

Gegen die Notstandsverfassung wenden sich zahlreiche Zeitungskommentare. Die CDU/CSU-SPD-Bundesregierung legte gestern den ersten Entwurf vor. Die Gesetze verleihen der Regierung im Falle von Unruhen weitgehende Rechte. Tausende protestieren umsonst. Der Entwurf wird 1968 verabschiedet.

Wetter

Tiefausläufer bescheren einen mit 6,3 °C zwar warmen, aber auch wolkenreichen März 1967.

Montag 11. März

Politik

Der erste nationale »Zustandsbericht« geht in Bonn über die Bühne. Kurt Georg Kiesinger hat die Ehre, als erster Kanzler der 1949 gegründeten BRD den Bericht zur »Lage der Nation« abzugeben. 1967 beschloß der Bundestag in Bonn die Einführung dieser Zusammenfassung der Regierungspolitik. Kiesinger konzentriert sich auf den Ost-West-Konflikt und seine Auswirkungen auf das geteilte Deutschland und kündigt die Fortsetzung der Entspannungspolitik gegenüber Osteuropa an.

»Mini« heißt das Schlagwort der 60er – hier in Form eines Strickkleides

Kultur

Unterhaltung à la DDR bietet das Zweite Deutsche Fernsehen (ZDF). Es zeigt die letzte Folge des Fernsehfilms »Wolf unter Wölfen«, der im Berlin der 20er Jahre spielt. Damit kommen die Bundesdeutschen erstmals in den Genuß einer DDR-Produktion.

Wetter

Frühlingshafte 5 °C vertreiben im März 1968 die Gedanken an den Winter. Die Sonnenscheindauer bleibt mit 143 Stunden knapp unter dem langjährigen Mittel.

Dienstag 11. März

Politik

Frankreich liegt darnieder. Ein Generalstreik legt das gesamte öffentliche Leben lahm. Die Arbeiter fordern höhere Löhne. Im Mai gehen sie zusammen mit Tausenden von Studenten, die mit der »bildungsfeindlichen« Regierung unzufrieden sind, auf die Straße. Die Maiunruhen kratzen merklich am Image des Präsidenten Charles de Gaulle. Als die Franzosen 1969 sein Reformpaket per Volksabstimmung ablehnen, tritt er zurück.

Kurzer Mantel mit Schlaghose: Auch in die Männermode kommt Bewegung

Politik

Reihenweise Absagen der Ostblockstaaten flattern dem jugoslawischen Präsidenten Josip Broz Tito ins Haus. Er hat zu einer Konferenz der Kommunisten nach Belgrad eingeladen. Der gemäßigte Kommunismus, den der Moskau-Feind Tito vertritt, stößt auf Ablehnung.

Wetter

Temperaturen um den Gefrierpunkt und Niederschläge von 51 mm (normal sind 31 mm) lassen Frühlingsgefühle im März 1969 nicht aufkommen.

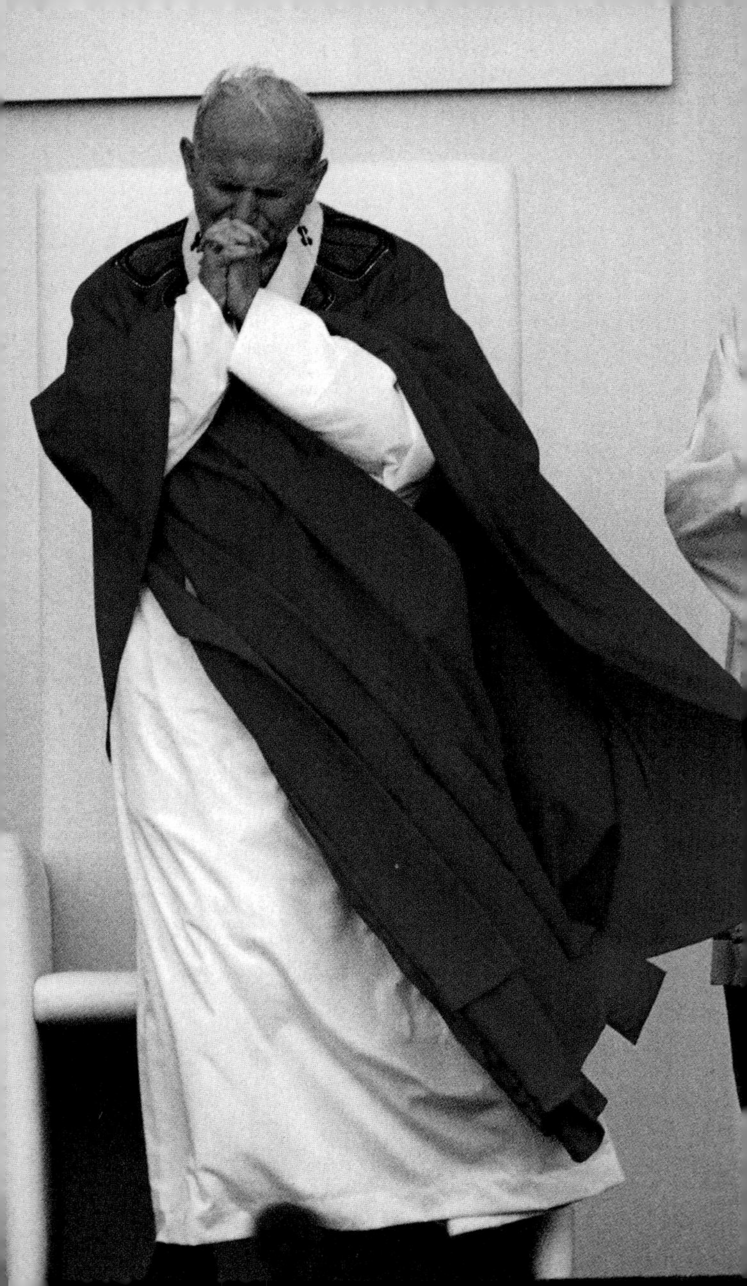

1970–1979

Highlights des Jahrzehnts

1970

- Neue deutsche Ostpolitik: Moskauer und Warschauer Vertrag
- Vietnamkrieg weitet sich auf Kambodscha aus
- Einstellung des Contergan-Prozesses

1971

- Einführung des Frauenwahlrechts in der Schweiz
- Friedensnobelpreis für Willy Brandt
- Hot pants – Modeschlager der Saison
- Kinohit »Love Story« rührt Millionen Zuschauer zu Tränen

1972

- Unterzeichnung des Rüstungskontrollabkommens SALT I
- Verhaftung von Baader-Meinhof-Terroristen
- Überfall palästinensischer Terroristen auf die israelische Mannschaft bei den Olympischen Spielen in München
- Unterzeichnung des Grundvertrages zwischen Bundesrepublik und DDR

1973

- Aufnahme beider deutscher Staaten in die UNO
- USA ziehen ihre Truppen aus Vietnam zurück
- Jom-Kippur-Krieg in Nahost
- Ölkrise: Sonntagsfahrverbot auf bundesdeutschen Straßen

1974

- Guillaume-Affäre stürzt Willy Brandt, neuer Bundeskanzler wird Helmut Schmidt
- Watergate-Affäre zwingt US-Präsident Nixon zum Rücktritt
- Deutschland wird Fußballweltmeister
- »Nelkenrevolution« in Portugal

1975

- Beginn des Bürgerkriegs im Libanon
- Unterzeichnung der KSZE-Schlußakte in Helsinki
- Spanien: Tod Francos und demokratische Reformen unter König Juan Carlos I.
- Einweihung des 3 km langen Elbtunnels in Hamburg
- Volljährigkeit von 21 auf 18 Jahre herabgesetzt

1976

- Umweltkatastrophe in Seveso
- Anschnallpflicht für Autofahrer
- Traumhochzeit des Jahres: Karl XVI. Gustav von Schweden heiratet die Deutsche Silvia Sommerlath

1977

- Entführung und Ermordung des Arbeitgeberpräsidenten Hanns Martin Schleyer
- Emanzipationswelle: Frauenzeitschrift »Emma« erscheint

1978

- Friedensverhandlungen zwischen Israel und Ägypten in Camp David
- In England kommt das erste Retortenbaby zur Welt

1979

- Überfall der Sowjetunion auf Afghanistan
- Schiitenführer Khomeini proklamiert im Iran die Islamische Republik
- Sandinistische Revolution beendet Somoza-Diktatur in Nicaragua

◀ **Reiselustig: Mit Johannes Paul II. wird 1978 erstmals ein Pole Papst**

Mittwoch 11. März

Technik

Ein Geschenk von unschätzbarem Wert überbringt der Botschafter der USA. Im Wissenschaftsministerium in Bonn überreicht er einem Regierungsvertreter Mondgestein, das die Astronauten der US-amerikanischen »Apollo-12«-Mission mit zurück auf die Erde brachten. Damit haben deutsche Wissenschaftler erstmals die Chance, Mondgestein in Augenschein zu nehmen. Die Mission startete Ende 1969. Im Juli 1969 hatte der »Apollo-11«-Astronaut Neil Armstrong als erster Mensch den Mond betreten.

Kultur

Zwei Enfants terribles der Kinowelt nehmen in Berlin den Preis der Filmförderung in Empfang. Der gnadenlose Chronist deutscher Zeitgeschichte Rainer Werner Fassbinder wird für seinen Film »Katzelmacher« ausgezeichnet, der über deutsche Ausländerfeindlichkeit berichtet. Sein Kollege Peter Zadek widmet sich in »Ich bin ein Elefant, Madame« der Studentenbewegung.

Wetter

Kalt verläuft der März 1970. 70 mm Niederschlag (Mittelwert 31 mm) bei nur 127 Sonnenstunden (Mittelwert 151) drücken die Temperatur auf 1,4 °C.

Donnerstag 11. März

Politik

Ein Trostpflaster für geplagte LKW-Fahrer bietet die Bundesregierung an. Sie beschließt, 10 DM pro Stunde Wartezeit zu zahlen, die die Fahrer durch Schikanen der DDR an der deutsch-deutschen Grenze verbringen müssen. Die DDR-Regierung nutzt die Insellage Westberlins, um ihrem Unmut Luft zu machen. Wann immer Ärgerliches aus dem Westen verlautet, behindern DDR-Grenzer den Verkehr nach Westberlin. Erst mit Abschluß des Grundlagenvertrags, der 1972 die deutsch-deutschen Beziehungen neu regelt, werden die Schikanen des SED-Regimes seltener.

Rekorde in den 70er Jahren

100 m: Marlies Göhr (GDR) – 10,88 sec (1977)
Hochsprung: Rosemarie Ackermann (GDR) – 2,00 m (1977)
Weitsprung: Vilma Bardauskiene (URS) – 7,09 m (1978)
800 m: S. Coe (GBR) – 1:42,4 min (1979)

Kultur

»Fünf Städte mahnen« lautet der Titel der ersten DDR-Ausstellung in der BRD. Sie erinnert an die Zerstörung von Dresden, Leningrad, London, Rotterdam und Warschau im Zweiten Weltkrieg.

Wetter

Wie im Vorjahr verweigert auch der März 1971 den Frühlingsbeginn mit zu kühlen 2,2 °C.

Samstag 11. März

Technik

Ein Riese unter den Satelliten hebt zu seiner Reise in den Weltraum ab. Der TD-1A ist mit hochempfindlichen Meßinstrumenten ausgestattet, die Daten sammeln und zur Erde senden sollen. Die europäische Weltraumorganisation ESRO, an der die BRD maßgeblich beteiligt ist, feiert den gelungenen Start des bisher größten Europa-Satelliten. Die ESRO entstand Anfang der 60er Jahre, als sich Sowjetunion und USA bereits ein Kopf-an-Kopf-Rennen um die Vormacht im All lieferten. 1968 stieg die ESRO mit dem ersten Satelliten-Start ein.

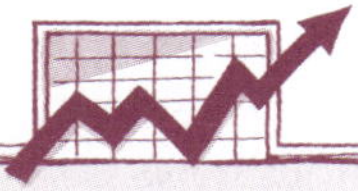

Preise in den 70er Jahren

1 kg Butter	8,36
1 kg Mehl	1,16
1 kg Fleisch	10,15
1 l Vollmilch	1,06
1 Ei	0,22
10 kg Kartoffeln	6,44
1 kg Zucker	1,65
Stundenlohn	10,40

in DM, Stand 1975

Sport

Die Eistanz-Weltmeisterschaften in Calgary enden mit dem Sieg des sowjetischen Titelverteidiger-Paares Ludmilla Pachomowa und Alexander Gorschkow. Die deutschen Hoffnungsträger Angelika und Erich Buck belegen Platz zwei.

Wetter

Das Quecksilber klettert im März unter dem Einfluß von 154 Sonnenscheinstunden auf 5,9 °C.

Sonntag 11. März

Politik

Mit knapper Not gewinnen die Konservativen in Frankreich die Wahlen zur Nationalversammlung. Sie verlieren 100 Mandate, können aber dennoch weiterregieren. Die Hoffnung der Linken auf die Machtübernahme wird enttäuscht. Die Regierung unter dem konservativen Präsidenten Pompidou verscherzte sich die Sympathien der Franzosen durch eine Reihe von Korruptionsskandalen. Die Warnungen Pompidous vor »Marxisten und Kommunisten« ließ die Konservativen aber dennoch als das kleinere Übel erscheinen. Erst 1981 übernimmt mit Mitterrand erstmals seit 27 Jahren ein Sozialist die Präsidentschaft.

Sport

Mit einem halben Punkt Vorsprung vor dem Titelverteidiger Walter Steiner aus der Schweiz holt sich der DDR-Sportler Hans Georg Aschenbach in Oberstdorf den Weltmeistertitel im Skiflug. Aschenbachs Bestleistung liegt bei 157 m.

Wetter

Warm und sehr naß präsentiert sich der März 1973. Bei einem Temperaturschnitt von 5,6 °C fallen mit 73 mm mehr als doppelt so viele Niederschläge wie gewöhnlich in diesem Monat (31 mm).

Montag 11. März

Politik

Den Aufbau der zerstörten Städte am Suezkanal beschließt die Regierung Ägyptens. Innerhalb von fünf Jahren sollen die Spuren der israelisch-arabischen Kämpfe beseitigt werden. Erst Ende 1973 brach der vierte Krieg seit 1948 aus. Die arabischen Staaten griffen Israel am jüdischen Festtag Jom Kippur an. Im Januar einigten sich beide Seiten in einem von den USA vermittelten Abkommen auf den Rückzug der Truppen. Beim Wiederaufbau wird Ägypten mit 6 Mrd. DM von den USA, Japan, Europa und einigen arabischen Staaten unterstützt.

Gesellschaft

Einen Rückzieher machen die Fernsehchefs der ARD. Sie setzen wegen massiver Proteste der katholischen Kirche einen Film ab, der eine Abtreibung dokumentiert. Seit Jahren kämpft die Kirche gegen die von der Frauenbewegung geforderte Aufhebung des Abtreibungsverbots.

Wetter

Einen herrlichen Vorfrühling bringt der März 1974. 173 Sonnenstunden treiben die Temperaturen auf einen Monatsschnitt von 6,3 °C. Mit 12 mm Niederschlag fällt nur ungefähr ein Drittel der langjährigen Durchschnittsmenge.

Dienstag 11. März

Politik

Der Putschversuch des Ex-Präsidenten Spínola scheitert in Portugal. Gemeinsam mit konservativen Offizieren wollte er den linksgerichteten Präsidenten da Costa Gomes stürzen, der Ende 1974 Spínola abgelöst hatte. Da Costa Gomes bemüht sich, die Dauerkrise in Portugal zu beenden. Um für innere Ruhe zu sorgen, entläßt er die Kolonien Guinea-Bissau, die Kapverdischen Inseln, Mosambik und Angola in die Freiheit. Ihr Kampf um Unabhängigkeit belastete das »Mutterland«.

Politik

Ein Sturm der Entrüstung fegt über CSU-Chef Strauß hinweg. Bonner Politiker protestieren gegen seine Äußerungen in einer »Geheimrede«, die gestern von der Presse enthüllt wurden. Strauß beschimpfte darin die SPD/FDP-Regierung als »Gangster«, denen nur durch offene Aggression beizukommen sei.

Stars der 70er Jahre

Robert de Niro
Filmschauspieler
Jane Fonda
Filmschauspielerin
Woody Allen
Filmregisseur
Steven Spielberg
Filmregisseur
Muhammad Ali
Boxer

Wetter

Wenig spektakulär verläuft der März 1975. Mit 4,4 °C ist es um 0,5 Grad wärmer als üblich.

Donnerstag 11. März

Politik

Erleichtert atmen die Niederländer auf. In Washington werden die Untersuchungen über angebliche Bestechungszahlungen des US-Luftfahrtkonzerns Lockheed an ihren Prinzen Bernhard ergebnislos eingestellt. Im August »outet« sich der Mann von Königin Juliane aber selbst. Er gibt zu, 1974 von Lockheed 2,6 Mio. DM für wohltätige Zwecke erhalten zu haben. Als Gegenleistung hat er sich für den Kauf von Militärflugzeugen der Marke Lockheed eingesetzt. Der Prinz ist in guter Gesellschaft. Untersuchungen ergeben, daß Staatsmänner in aller Welt die Hände aufhielten.

Gesellschaft

Fette Beute machen zwei bewaffnete Männer bei einem spektakulären Überfall auf den Londoner Flughafen Heathrow. Sie erbeuten aus den Frachträumen Bargeld, Goldbarren und Edelsteine im Wert von 2,5 Mio. DM.

Wetter

Viele wolkenverhangene Tage trüben im März 1976 die Stimmung. Mit 116 Sonnenstunden liegt der Monat fast ein Drittel unter dem Durchschnitt. Das Thermometer bleibt bei 1,3 °C stehen; der langjährige Mittelwert liegt bei 3,9 °C.

Freitag 11. März

Politik

Jubel bricht in spanischen Gefängnissen aus. Die Regierung beschließt die Freilassung politischer Gefangener. Ihre Haftverkürzung haben sie König Juan Carlos I. zu verdanken. Er führt das Land nach fast 40 Jahren Diktatur in die Demokratie. 1969 bestimmte ihn Diktator Franco zu seinem Nachfolger. Er hatte ihn jahrelang zum Erben seiner Diktatur erzogen. Doch als Franco Ende 1975 starb, entpuppte sich Juan Carlos als Sympathisant der Demokraten. Bei den ersten freien Wahlen, im Juni, danken ihm die Spanier durch eine klares Votum für die demokratischen Parteien.

Politik

Als Polit-Inszenierung erweist sich eine antideutsche Großdemonstration, die gestern in Warschau über die Bühne ging. Mitglieder der polnischen Opposition teilen der BRD mit, es habe sich um eine kommunistisch gelenkte Kundgebung gehandelt, die von den Protesten gegen die Unterdrückung in Polen ablenken sollte.

Wetter

»Schmuddelwetter« beherrscht den März 1977. Mit 81 Sonnenstunden bietet der Monat gerade die Hälfte des langjährigen Mittels.

Samstag 11. März

Gesellschaft

Für die Rechte der Insekten setzen sich die Teilnehmer der Entomologen-Tagung in Karlsruhe ein. Sie berichten, daß von den 36 000 bekannten Insektenarten Mitteleuropas etwa ein Drittel vom Aussterben bedroht sind und fordern Maßnahmen gegen den »Raubbau an der Natur«. 1977 wurde erstmals die sog. Rote Liste veröffentlicht, in der die vom Aussterben bedrohten Tiere und Pflanzen verzeichnet sind. Auch von den 93 in Deutschland lebenden Säugetierarten sind mehr als ein Drittel bereits ausgestorben oder stark gefährdet.

Ausgestellte Hosen und viel Schmuck trägt die moderne Frau in den 70er Jahren

Technik

Nach einem 32tägigen Flug trifft David Cyster mit einem Doppeldecker in der australischen Stadt Darwin ein. Er erinnert damit an den ersten gesteuerten Motorflug der Gebrüder Wright vor 75 Jahren.

Wetter

62 mm Niederschlag fallen im März 1978 bei Temperaturen um 5,7 °C.

Sonntag 11. März

Politik

Die konservativen Umweltschützer der »Grünen Aktion Zukunft« (GAZ) wählen zum Abschluß ihres ersten Bundesparteitags in Würzburg den Parteigründer Herbert Gruhl zum Vorsitzenden. Gruhl saß jahrelang als Abgeordneter der CDU im Bundestag, bevor er 1978 seine eigene Partei gründete. Den Christdemokraten warf er mangelndes Interesse für umweltpolitische Probleme vor. Die GAZ erhält schon bald Konkurrenz. 1980 gründen regionale Bürgerinitiativen die Bundespartei der »Grünen«, die 1983 in den Bundestag einzieht.

Voll im Zeitgeschmack: Der Midimantel mit aufgesetzten Taschen für kalte Winter

Politik

Im Vatikan treffen führende Vertreter jüdischer Organisationen ein. Nach ihrer Unterredung mit Papst Johannes Paul II. formuliert das Oberhaupt der Katholiken eine deutliche Absage an jede Form antijüdischer Politik und Gewalt.

Wetter

Der März 1979 ist mit 3,3 °C etwas zu kalt und bleibt mit 89 Sonnenstunden 40% unter dem langjährigen Mittel von 151 Stunden.

1980-1989

Highlights des Jahrzehnts

1980

- Golfkrieg zwischen Iran und Irak
- Gründung einer neuen Bundespartei: »Die Grünen«
- Bildung der polnischen Gewerkschaft »Solidarność«

1981

- Attentate auf US-Präsident Ronald Reagan, den Papst und Ägyptens Staatschef Anwar As Sadat
- Erster Start der wiederverwendbaren Raumfähre »Columbia«
- In den USA werden die ersten Fälle von AIDS bekannt
- Hochzeit des Jahres: Der britische Thronfolger Charles, Prince of Wales, heiratet Lady Diana

1982

- Krieg um die Falkland-Inseln
- Sozialliberale Koalition bricht auseinander; Helmut Kohl wird neuer Bundeskanzler
- Selbstjustiz vor Gericht: der »Fall Bachmeier«
- »E. T. – der Außerirdische« wird zum Kinohit

1983

- US-Invasion auf Grenada
- Skandal um gefälschte Hitler-Tagebücher
- Aerobic wird in der Bundesrepublik populär

1984

- Richard von Weizsäcker wird Bundespräsident
- Ermordung von Indiens Ministerpräsidentin Indira Gandhi, Nachfolger wird ihr Sohn Rajiv Gandhi

1985

- Michail Gorbatschow wird neuer Kremlchef
- Sensation: Boris Becker siegt als erster Deutscher in Wimbledon
- »Live-Aid-Concert« für Afrika

1986

- Attentat auf Schwedens Ministerpräsident Olof Palme
- Katastrophe im Kernkraftwerk Tschernobyl
- Explosion der US-Raumfähre »Challenger«
- Premiere des Musicals »Cats« in Hamburg

1987

- Widerstand gegen Volkszählung
- Barschel-Affäre in Kiel
- Matthias Rust landet mit einem Sportflugzeug auf dem Roten Platz in Moskau

1988

- Atommüllskandal in Hessen
- Ende des Golfkriegs
- Geiseldrama von Gladbeck als Medienspektakel
- Dopingskandal überschattet Olympische Spiele in Seoul
- Reagan und Gorbatschow vereinbaren Verschrottung atomarer Mittelstreckenraketen

1989

- Die DDR öffnet ihre Grenzen
- Blutbad auf dem Platz des Himmlischen Friedens in Peking
- Demokratisierungskurs im gesamten Ostblock
- »Exxon Valdez«: Ölpest vor Alaska

◀ **Steffi Graf, Ende der 80er Jahre einsame Nummer eins im Frauen-Tennis**

Dienstag 11. März

Politik

Die letzte britische Kolonie in Afrika zieht einen Schlußstrich unter die Politik der Rassendiskriminierung. Der vor zwei Wochen zum Präsidenten von Simbabwe-Rhodesien gewählte schwarze Politiker Robert Mugabe stellt sein Kabinett vor. Damit endet nach fast 20 Jahren das zähe Ringen der schwarzen Bevölkerungsmehrheit mit der weißen Minderheitsregierung. Großbritannien, das die Schwarzen in ihren Forderungen unterstützte, entläßt die Kolonie jetzt in die Freiheit. Im April ruft Präsident Mugabe das unabhängige Simbabwe aus.

Gesellschaft

Mit einem Freispruch endet der Prozeß gegen den Automobilkonzern Ford in den USA. Er stand wegen fahrlässiger Tötung von drei Frauen vor Gericht. Sie starben bei einem Unfall, als ihr Ford Benzin verlor und ausbrannte. Der Konzern konnte jedoch nachweisen, daß der Autotyp keinerlei Konstruktionsmängel aufweist.

Wetter

Bei durchschnittlich 2,6 °C bleibt das Quecksilber im März 1,3 Grad unter dem langjährigen Mittelwert, und statt der 151 erwarteten Stunden Sonnenschein sind es nur 108.

Mittwoch 11. März

Politik

Zur zweiten Runde tritt der chilenische Diktator Pinochet an. Er läßt sich für eine weitere Amtszeit als Staatspräsident vereidigen. 1973 übernahm er nach einem Militärputsch die Herrschaft über das südamerikanische Land. Erst als er 1990 zurücktritt, wird das ganze Ausmaß des Terrors bekannt. In 200 Prozessen stehen Militärs vor Gericht, die für das »Verschwinden« von schätzungsweise 2200 Menschen während der Diktatur verantwortlich sind.

Stars der 80er Jahre

Richard Gere
Filmschauspieler
Madonna
Sängerin
Harrison Ford
Filmschauspieler
Jodie Foster
Filmschauspielerin
Michael Jackson
Sänger

Gesellschaft

Eine ganze Wagenladung Haschisch geht der Hamburger Polizei ins Netz. Sie stellt 2500 kg des Rauschmittels sicher. Der Hamburger Hafen gilt als berüchtigter Umschlagplatz für die aus Südamerika und dem Vorderen Orient nach Europa eingeführten Drogen.

Wetter

Frühlingshaft warm, aber auch sehr feucht ist es im März 1981. Mit 6,9 °C liegen die Temperaturen im Schnitt drei Grad über dem langjährigen Mittel.

Donnerstag 11. März

Gesellschaft

Die Stillegung ihrer Omnibusproduktion kündigt die Magirus Deutz AG in Ulm an. Durch die Maßnahme gehen 1600 Arbeitsplätze verloren. In diesem Jahr geraten reihenweise Konzerne in die Krise, darunter AEG-Elektrogeräte, Bauknecht, Pelikan und der Gastronomie-Riese Wienerwald. Die schlechte Wirtschaftslage macht den Unternehmen schwer zu schaffen. Der Absatz von Konsumgütern schleppt sich seit Monaten träge dahin. Auf dem internationalen Markt gelten deutsche Waren zwar nach wie vor als qualitativ gut, die hohen Lohn- und Lohnnebenkosten treiben aber die Preise zu hoch.

Politik

Harte Kritik aus aller Welt muß sich der österreichische Bundeskanzler Kreisky gefallen lassen. Er empfing gestern den libyschen Revolutionsführer Gaddhafi zu einem viertägigen Besuch in Wien. Im Westen ist Gaddhafi als »Drahtzieher des internationalen Terrorismus« verschrien.

Wetter

Ziemlich normal präsentiert sich der März 1982. 32 mm Niederschlag und 164 Sonnenscheinstunden liegen in der Nähe des langjährigen Mittelwerts.

Freitag 11. März

Kultur

Der politisch engagierte Schriftsteller Bernt Engelmann wird von den Mitgliedern des Verbands Deutscher Schriftsteller als Vorsitzender wiedergewählt. Damit endet eine monatelange Debatte über Sinn und Zweck des 1969 ins Leben gerufenen Interessenverbands. Einige der Mitglieder warnten vor einer Politisierung durch den Vorsitz Engelmanns. Er machte Mitte der 70er Jahre mit seinem »Deutschen Anti-Geschichtsbuch« Schlagzeilen, das aus »linkem Blickwinkel« deutsche Vergangenheit darstellt.

Kultur

Großen Anklang findet die Georges-Rouault-Ausstellung in Köln. Am ersten Tag meldet die Kunsthalle hohe Besucherzahlen. Die Bilder des 1958 verstorbenen Franzosen zeigen Bibelszenen und Porträts.

Wetter

Feuchtes Wetter bringt der März 1983. Mit 5,4 °C liegt die Durchschnittstemperatur über dem langjährigen Mittel (3,9 °C); die Sonne scheint nur 74 Stunden.

Rekorde in den 80er Jahren

1500 m: S. Aouita (MAR) – 3:29,46 min (1985)
Stabhochsprung: Sergej Bubka (URS) – 6,00 m (1985)
100 m: Florence Griffith (USA) – 10,49 sec (1988)
Hochsprung: Javier Sotomayor (CUB) – 2,44 m (1989)

Sonntag 11. März

Kultur

Die Werke Willem de Koonings ziehen Tausende ins Museum. Die Westberliner Akademie der Künste eröffnet eine Ausstellung mit Werken des US-amerikanischen Malers, der 1904 in den Niederlanden geboren wurde. De Koonings halb-abstrakte Bilder beeinflußten in den 40er und 50er Jahren die Malerei in den USA und Europa. Besonders seine Frauenakte, auf die sich de Kooning spezialisierte, machten ihn berühmt. Einen Skandal lösten in den 50er Jahren seine »unweiblichen« Frauenbilder aus. Manche seiner avantgardistischen Kollegen rümpften zudem die Nase über seine Abkehr von der Abstraktion.

Kultur

Den Frauen widmet sich das Theaterstück von Federico Garcia Lorca, das in deutscher Erstaufführung in München gezeigt wird. »Yerma« erzählt von der Unterdrückung der spanischen Frauen. Lorca ist der meistgespielte spanische Dramatiker des 20. Jahrhunderts.

Wetter

Ein normaler Wetterverlauf kennzeichnet den März 1984. Mit 2,9 °C ist es allerdings ein Grad kühler als gewöhnlich.

Montag 11. März

Politik

Der Reformer Michail Gorbatschow übernimmt die Hauptrolle auf der politischen Bühne der Sowjetunion. Das Zentralkomitee der KPdSU ernennt ihn nach dem Tod von Staats- und Parteichef Tschernenko zum Generalsekretär der Partei. Der 54jährige saß bereits seit 1980 im Politbüro. Mit seiner Beförderung ist die Ära der Betonköpfe endgültig vorüber. Gorbatschow geht tatkräftig daran, den Staat von innen und außen zu reformieren. Unter den Schlagworten »Perestroika« (Umgestaltung) und »Glasnost« (Offenheit) beginnen wirtschaftliche Erneuerung und Demokratisierung. Außenpolitisch lockert er die eiserne Umklammerung der »Bruderstaaten«. Seine Reformen ermöglichen ihnen den Weg in die Demokratie, bereiten den Boden für das Ende des Ost-West-Konfliktes und bringen den Deutschen die Wiedervereinigung.

Preise in den 80er Jahren

1 kg Butter	9,44
1 kg Mehl	1,36
1 kg Fleisch	11,83
1 l Vollmilch	1,22
1 Ei	0,26
10 kg Kartoffeln	8,84
1 kg Zucker	1,94
Stundenlohn	17,23

in DM, Stand 1985

Wetter

Enttäuschend wenig Sonne bringt der März 1985. Die 71 Sonnenstunden sind nicht einmal die Hälfte des langjährigen Mittelwertes (151).

Dienstag 11. März

Politik

Als Bremserin der Abrüstungsgespräche tritt die britische Premierministerin Thatcher auf. Sie lehnt die Reduzierung britischer Mittelstreckenraketen ab. Der seit 1985 amtierende sowjetische Parteichef Gorbatschow schlug die Reduzierung als Gegenleistung für den Rückzug sowjetischer Nuklearwaffen aus Mitteleuropa vor. Ende 1985 begannen UdSSR und USA erstmals seit sechs Jahren offizielle Abrüstungsverhandlungen. Die britische Blockade verhindert nicht, daß im Jahr 1991 das START-Abkommen zustande kommt, in dem der Abbau der Atomwaffen vereinbart wird.

Auffällig unauffällig: So stellt sich die lässige Frau der 80er ihre Mode zusammen

Sport

Ungarn beendet die Erfolgsserie der bundesdeutschen Tischtennis-Nationalmannschaft durch einen 4:1-Sieg. Die BRD steigt in der Europaliga ab.

Wetter

58 mm Niederschlag und nur 111 Sonnenstunden brigt der März in diesem Jahr.

Mittwoch 11. März

Politik

In die zweite Bonner Runde geht Helmut Kohl. Nach den Bundestagswahlen im Januar wird er jetzt vom Parlament erneut zum Bundeskanzler gewählt. 1982 wurde Kohl durch ein Mißtrauensvotum gegen die damalige SPD/FDP-Regierung erstmals Kanzler.

Technik

Uralte Felsbrocken fördern Neuigkeiten zutage. US-amerikanische Geologen untersuchten Felsproben, die in Florida (USA) aus 3000 m Tiefe geholt wurden, und teilen jetzt mit, daß Florida in grauer Vorzeit mit Afrika verbunden war. 1912 stellte der Geophysiker Wegener die These von der Kontinentalverschiebung auf. Sie geht davon aus, daß die Kontinente einst zusammenhingen und in Jahrtausenden auseinanderdrifteten.

Leger und bequem: Herrenmode im Oversize-Stil mit Jackenmantel

Wetter

Die Kältewelle des Winters 1987 setzt sich in den März hinein fort. Gerade einmal 0,4 °C weist der Temperaturschnitt des Monats auf. Dabei ist es mit 26 mm Niederschlag recht trocken.

Freitag 11. März

Kultur

Das Gesamtkunstwerk »Body and Soul« feiert in München Premiere. In 24 Bilder zeigt der für seine spektakulären Inszenierungen bekannte österreichische Aktionskünstler André Heller »schwarzes Showbusineß«. 60 schwarze Sänger, Musiker und Tänzer präsentieren ein Programm vom Step-Tanz bis zur klassischen Arie. Heller, der als Exzentriker des Showgeschäfts gilt, startete 1976 mit der Gründung des poetischen Zirkus' Roncalli sein erstes Projekt.

Die gute alte Pfund-Note bekommt Konkurrenz. Die britischen Banken tauschen heute die alten Scheine gegen neue Münzen ein. Die Briten haben einige Mühe, sich an die Pfund-Münze zu gewöhnen.

Politik

An den »Anschluß« Österreichs vor 50 Jahren erinnern in Wien Vorträge und Ausstellungen. 1938 marschierten deutsche Truppen auf Befehl Hitlers in die Alpenrepublik ein und degradierten sie zu einem Teil des »Dritten Reiches«.

Wetter

Wolkig ist der März 1988. Mit 2,9 °C ist es ein Grad kälter als im langjährigen Mittel. 72 mm Niederschlag (31 mm sind normal) und bescheidene 78 Sonnenstunden trüben die Stimmung.

Samstag 11. März

Politik

Der weltweiten Umweltverschmutzung sagen in Den Haag 22 Staaten den Kampf an. Sie einigen sich auf eine Umweltschutzerklärung, die die Errichtung einer internationalen Behörde zum Ziel hat. 1992 mündet die Initiative in die Konferenz von Rio de Janeiro, die zum größten Gipfeltreffen der Geschichte gerät. 100 Staats- und Regierungschefs und über 3000 Diplomaten aus 170 Ländern beraten über die weltweite Zusammenarbeit zur Rettung des Planeten Erde. Die Ergebnisse sind mager. Die reichen Industriestaaten stellen ihre Wirtschaftsinteressen über den Schutz der Umwelt, die armen Entwicklungsländer verweisen auf fehlende Mittel, um die nötigen Maßnahmen zu finanzieren.

Sport

Die Siegesserie der Schweizerin Vreni Schneider bricht alle Rekorde. Sie gewinnt in Japan den alpinen Ski-Weltpokal, feiert den 14. Sieg in einer Saison und entthront damit Ingemar Stenmark aus Schweden, der 1978/79 13 Erfolge verbuchte.

Wetter

Die Wärmeperiode der Vormonate hält im März 1989 an. 7,2 °C bedeuten eine positive Abweichung vom langjährigen Mittel um 3,3 °C.

INAUGURATION OF THE
PRESIDENT AND VICE PRESIDENT

1990–1996

Highlights des Jahrzehnts

1990

- Wiedervereinigung Deutschlands
- Südafrika: Nelson Mandela nach 27jähriger Haft freigelassen
- Irakische Truppen überfallen das Emirat Kuwait
- Gewerkschaftsführer Lech Walesa neuer polnischer Präsident
- Litauen erklärt Unabhängigkeit
- Deutsche Fußballnationalelf zum dritten Mal Weltmeister
- Star-Tenöre Carreras, Domingo und Pavarotti treten gemeinsam auf

1991

- Alliierte befreien Kuwait und beenden Golfkrieg
- Auflösung des Warschauer Pakts
- Bürgerkrieg in Jugoslawien
- Auflösung der Sowjetunion – Gründung der GUS
- Sensationeller archäologischer Fund: »Ötzi«
- Vertrag von Maastricht
- Sieben Oscars für Kevin Costners »Der mit dem Wolf tanzt«
- Bürgerkrieg in Somalia
- Frieden im Libanon

1992

- Abschaffung der Apartheid-Politik in Südafrika
- Entsendung von UNO-Blauhelmsoldaten nach Jugoslawien
- Tod des ehemaligen Bundeskanzlers Willy Brandt
- Bill Clinton zum 42. US-Präsidenten gewählt
- In Hamburg wird mit Maria Jepsen zum ersten Mal eine Frau Bischöfin
- Fertigstellung des Rhein-Main-Donau-Kanals

1993

- Teilung der ČSFR in die Tschechische und die Slowakische Republik
- Rechtsradikale Gewaltakte gegen Ausländer
- Gaza-Jericho-Abkommen zwischen Israel und der PLO
- Skandal um HIV-Blutplasma
- Einführung von fünfstelligen Postleitzahlen im Bundesgebiet
- Sexskandal um Pop-Star Michael Jackson

1994

- Nelson Mandela erster schwarzer Präsident Südafrikas
- Fertigstellung des Eurotunnels unter dem Ärmelkanal
- Über 900 Todesopfer beim Untergang der Fähre »Estonia«
- Abzug der letzten russischen Truppen aus Berlin
- Michael Schumacher erster deutscher Formel-1-Weltmeister

1995

- Weltweite Proteste gegen französische Atomversuche im Pazifik
- Giftgasanschlag in Tokio
- Einführung von Pflegeversicherung und Solidaritätszuschlag
- Verpackungskünstler Christo verhüllt den Berliner Reichstag
- Ermordung des israelischen Regierungschefs Yitzhak Rabin
- Friedensvertrag für Bosnien

1996

- Arafat gewinnt Wahlen in Palästina
- IRA kündigt Waffenstillstand auf
- 100 Jahre Olympia: Jubiläumsspiele der Superlative in Atlanta

◀ **Der Präsident spielt Saxophon: Bill Clinton feiert 1993 die Amtseinführung**

Sonntag 11. März

Politik

Preise in den 90er Jahren

1 kg Butter	8,20
1 kg Mehl	1,21
1 kg Fleisch	12,85
1 l Vollmilch	1,33
1 Ei	0,27
10 kg Kartoffeln	10,30
1 kg Zucker	1,92
Stundenlohn	24,91
in DM, Stand 1993	

Erste Auflösungserscheinungen zeigen sich in der Sowjetunion. Das Parlament der Sowjetrepublik Litauen beschließt die Unabhängigkeit des Landes. Vor zwei Tagen ging Georgien als Beispiel voran. Im Mai folgen Lettland und Estland. Alle Bemühungen des Reformers Gorbatschow, den Verbund der Republiken aufrechtzuerhalten und die Sowjetunion zu retten, scheitern. Ende 1991 löst die lockere Gemeinschaft Unabhängiger Staaten (GUS) die Sowjetunion nach fast 70 Jahren ab.

Sport

Gegen den klaren Favoriten Sowjetunion behauptet sich die schwedische Mannschaft bei der Hallenhandball-Weltmeisterschaft in Prag. Nach einem eher enttäuschenden Auftakt holen die Skandinavier im Endspiel auf und siegen über die Sowjets mit 27:23.

Wetter

Weniger Sonne als gewöhnlich bietet der März in diesem Jahr mit seinen 115 Stunden Sonnenschein.

Montag 11. März

Politik

Die »blühenden Landschaften«, die Kanzler Kohl der Ex-DDR versprach, lassen auf sich warten. In Leipzig gehen 25 000 Menschen auf die Straße, um gegen die hohe Arbeitslosigkeit in den neuen Bundesländern zu protestieren. Seit der Wiedervereinigung 1990 ist die Quote auf über 10% geklettert. Zu DDR-Zeiten herrschte dagegen die künstlich aufrechterhaltene Vollbeschäftigung. Die schleppend vorankommende Umstellung der staatlich gelenkten DDR-Wirtschaft macht der Vision Kohls jetzt einen Strich durch die Rechnung.

Sport

Ein schwarzer Tag für Tennisdeutschland. Steffi Graf tritt nach ihrer Niederlage gegen Gabriela Sabatini beim Turnier von Boca Raton (USA) den Spitzenplatz in der Weltrangliste ab. Neue Nummer eins ist Monica Seles.

Wetter

Nach einem milden Winter bringt der März 1991 rasch den Frühling. Der Temperaturdurchschnitt von 6,9 °C liegt drei Grad über normal.

1 2 3

Rekorde in den 90er Jahren

Weitsprung: Mike Powell (USA) – 8,95 m (1991)
110 m Hürden: Colin Jackson (USA) – 12,91 sec (1993)
Skifliegen: E. Bredesen (NOR) – 209 m (1994)
Dreisprung: J. Edwards (GBR) – 18,29 m (1995)

Mittwoch 11. März

Politik

Ex-Präsident Richard Nixon fordert von US-Präsident Bush größere Hilfsbereitschaft gegenüber Rußland. Nixon wirft der Regierung vor, sie unterschätze die Gefahr, die von den kommunistischen Hardlinern ausgehe. Wenn der russische Präsident Jelzin nicht unterstützt werde, drohe deren Machtübernahme und dann stelle sich die Frage »Wer gab Rußland preis?«. Jelzin wurde 1991 Präsident. Der Radikalreformer gilt als Garant für die Demokratisierung der Ex-Sowjetunion.

Krawatte ist kein Muß mehr: Anzug mit zweireihigem Sakko

Sport

Gleich zwei Trainer aus der Fußball-Bundesliga nehmen ihren Hut. Bayern München trennt sich von seinem Coach Sören Lerby. Beim Hamburger SV bietet Volker Schock den Rücktritt an.

Wetter

Mit gerade 103 Sonnenstunden enttäuscht der März 1992 und bleibt um fast ein Drittel hinter dem langjährigen Durchschnitt zurück. Entsprechend regnerisch ist es mit 79 mm Niederschlag (langjähriges Mittel 31 mm).

Donnerstag 11. März

Politik

Ein neuer Wind weht ums Weiße Haus in Washington. Der US-Senat billigt die Ernennung der Juristin Janet Reno zur neuen Justizministerin der USA. Damit sitzt erstmals eine Frau auf diesem wichtigen Posten. Der neue US-Präsident Clinton kann so bei den Frauen in den USA einen Punkt machen. Obwohl er die Mehrheit in Senat und Kongreß auf seiner Seite hat, überzeugt der Demokrat aber vorerst nicht.

Für die heißen Sommer der 90er Jahre: Kleid mit Bustieroberteil

Politik

Wütend stürmt der russische Präsident Jelzin aus dem Parlament in Moskau. Die Gegner seiner Reformen fordern die Einschränkung seiner Befugnisse; doch Jelzin gibt nicht auf. Er bleibt Präsident und übersteht Ende des Jahres auch den Umsturzversuch der Konservativen unter Vize Ruzkoi.

Wetter

So normal ist das Wetter selten wie im März 1993. Die Regenmenge von 35 mm, die 145 Sonnenstunden und die 4,5 °C Durchschnittstemperatur entsprechen jeweils fast den langjährigen Mittelwerten.

Freitag 11. März

Politik

Die »vierte Säule« der Sozialversicherung steht. Neben die Renten-, Arbeitslosen- und Krankenversicherung tritt der heute in Bonn verabschiedete sog. Kompromiß zur Pflegeversicherung. Er wird der ständig steigenden Lebenserwartung gerecht, die für immer mehr pflegebedürftige ältere Menschen sorgt. Die Pflegeversicherung wird durch Abgaben von Arbeitgebern und Arbeitnehmern finanziert. Umstritten ist die geplante Doppelbelastung der Arbeitnehmer: Sie sollen Beiträge zahlen und zusätzlich auf einen Feiertag oder die Lohnfortzahlung im Krankheitsfall verzichten.

Politik

Der Weg Chiles in die Demokratie scheint gesichert. Mit Eduardo Fei wird erneut ein Christdemokrat Staatschef des Landes. Sein Vorgänger und Parteifreund Azocár wurde 1989 erster frei gewählter Präsident seit dem Militärputsch von 1973, in dem Diktator Pinochet die Macht übernahm.

Wetter

Reichlich Regen beschert der März 1994. Mit 95 mm Niederschlägen fällt mehr als das Dreifache der gewöhnlichen Menge. Dabei ist es mit 6,2 °C über zwei Grad zu warm.

Samstag 11. März

Politik

Griechenlands neuer Präsident Konstantin Stephanopulos nimmt die Arbeit auf. Der 69jährige Konservative ist Nachfolger von Konstantin Karamanlis, der im Alter von 88 Jahren zurücktrat. Verblüffenderweise hat die regierende sozialistische PASOK-Partei den Konservativen vorgeschlagen. Wahltaktik bestimmte die Nominierung: Ein sozialistischer Kandidat wäre nicht mehrheitsfähig gewesen, und die Regierung von Andreas Papandreu fürchtete eventuelle Neuwahlen – in Meinungsumfragen haben die Konservativen nämlich die Nase vorn.

Sport

Birmingham applaudiert der Eiskunstlaufelite: Bei den Weltmeisterschaften setzt sich bei den Damen die Chinesin Lu Chen durch. Bei den Herren verteidigt der Kanadier Elvis Stojko seinen Titel.

Stars der 90er Jahre

Kevin Costner
Filmschauspieler
Julia Roberts
Filmschauspielerin
Whitney Houston
Sängerin
Michael Schumacher
Rennfahrer
Luciano Pavarotti
Sänger

Wetter

Der Frühling stellt sich auch in diesem Jahr regenreich ein. 54 mm Niederschlag überbieten das langjährige Mittel für den März um über 40 %.

Montag 11. März

Dienstag 11. März

Sonntag 11. März

Zino Davidoff

***11.3.1906 Kiew**

Zigarren sind seine Spezialität. Seit Jahrzehnten gelten die Rauchwaren Marke Davidoff als Synonym für luxuriösen Lebensstil. Der Aufstieg des Schweizers begann Mitte der 40er Jahre. Nach Aufenthalten auf Kuba und in Brasilien modernisierte er das väterliche Unternehmen in Genf und brachte 1967 die »Davidoff Nr. 1« auf den Markt. Seit den 80er Jahren findet sich sein Name auch auf erlesenen Parfums und Uhren. 1985 erlaubte er dem Reemtsma-Konzern den Verkauf der Zigarette Marke Davidoff.

Freitag 11. März

Robert Havemann

***11.3.1910 München**

Der mutige DDR-Regimekritiker wurde für die Oppositionellen der 80er Jahre zum Vorbild. Als Verfechter des sog. demokratischen Kommunismus prangerte er in den 50er Jahren die Willkürherrschaft der SED an. 1964 wurde der Professor für physikalische Chemie nicht nur aus der Partei ausgeschlossen, sondern mußte auch seine Lehrtätigkeit aufgeben. Um ihn endgültig mundtot zu machen, stellte die DDR-Regierung den Querdenker 1977 unter Hausarrest. Bis zu seinem Tod 1982 kämpfte er weiter an der Seite der Opposition.

Freitag 11. März

Joachim Fuchsberger

***11.3.1927 Stuttgart**

Unter dem Motto »Auf los geht's los« startete in den 70ern die Karriere des Schauspielers als Showmaster. Der »Sunny-Boy« war dem deutschen Fernsehpublikum damals längst ein Begriff. In den 50er Jahren machte ihn seine Rolle in der »08/15«-Trilogie von Paul May bekannt. Später verlegte er sich in Edgar-Wallace-Verfilmungen auf die Rolle des Retters und Frauenhelden. Das jüngere Publikum lernte Fuchsberger 1973 im »Fliegenden Klassenzimmer« kennen. 1984 wurde Fuchsberger erster deutscher Botschafter bei der UNICEF.

Mittwoch 11. März

Janosch

***11.3.1931 Hindenburg/Oberschlesien**

Der gelernte Schlosser und Studienabbrecher Horst Eckert, der sich selbst den Namen Janosch gab, schreibt Kinderbücher der besonderen Art. Sie widmen sich einfühlsam und mit viel Humor den Alltagsproblemen der Kinderwelt. In liebevoll illustrierten Geschichten spielen Helden wie der kleine Tiger die Hauptrolle, der für sein Leben gern die Welt erkunden will. Mit den »Globericks« erfand Janosch eine neue Art des Kinder-Comics. Auch seine Romane für Erwachsene wie »Scholonek oder Der liebe Gott aus Lehm« finden zahlreiche Leser.

Freitag 11. März

Nina Hagen

***11.3.1955 Berlin**

Als »Punk-Göre« startete sie 1978 ihre Karriere im bundesdeutschen Showbusineß, nachdem sie in der DDR ein Studium des Gesangs absolviert hatte. 1976 verließ sie die DDR aus Protest gegen die Ausweisung des Liedermachers Biermann. Im Westen beeindruckte sie mit schrillem Outfit, »skandalösen« Texten und unnachahmlicher Stimmgewalt. 1978 feierte Nina Hagen die erste goldene Schallplatte und stieg zum Star der 80er Jahre auf. Nach der Übersiedlung in die USA wurde es in den 90ern ruhiger um das Showtalent.

Impressum

Autor:	Brigitte Esser, Sonsbeck-Labbeck
Redaktion:	Manfred Brocks, Dortmund
Bildredaktion:	Sonja Rudowicz
Umschlaggestaltung und Layout:	Pro Design, München
Satz:	Böcking & Sander, Bochum
Druck:	Brepols, Turnhout

Abbildungsnachweis: Interfoto, München: 129, 131; Keystone, München: 128; Public Address, Hamburg: 130, 132.
Modefotos 1900-30er Jahre, Damenmode 40er Jahre, Damenmode 50er Jahre: Bertelsmann Lexikon Verlag, Gütersloh; Modefotos Herrenmode 40er Jahre, Herrenmode 50er Jahre, 60er-90er Jahre: Prof. Dr. Ingrid Loschek, Boxford.
Alle übrigen Abbildungen: Bettmann Archive/UPI/Reuters/John Springer Coll., New York.

Trotz größter Sorgfalt konnten die Urheber des Bildmaterials nicht in allen Fällen ermittelt werden. Wir bitten gegebenenfalls um Mitteilung.

ISBN 3-577-30311-5

Vom 1. Januar bis zum 31. Dezember

Individuelle Bücher – für jeden Tag des Jahres eines. Mit allen wichtigen Ereignissen, die sich genau an diesem besonderen Tag während der Jahre unseres Jahrhunderts zugetragen haben. Doch trotz all der großen Ereignisse des Weltgeschehens – es gibt immer auch persönlich wichtige Daten für jeden einzelnen Menschen, sei es ein Geburtstag, Hochzeitstag, Erinnerungstag oder der Tag, an dem eine entscheidende Prüfung bestanden wurde. So wird aus einem Tag im Spiegel des Jahrhunderts zugleich auch ein »persönlicher« Tag. Und endlich gibt es für all diese Anlässe das richtige Buch, das passende Geschenk!

Persönliches Horoskop

Was sagen die Sterne zu den jeweiligen Tagen? Außerdem erfahren Sie, welche bekannten Menschen unter dem gleichen Sternzeichen geboren wurden.

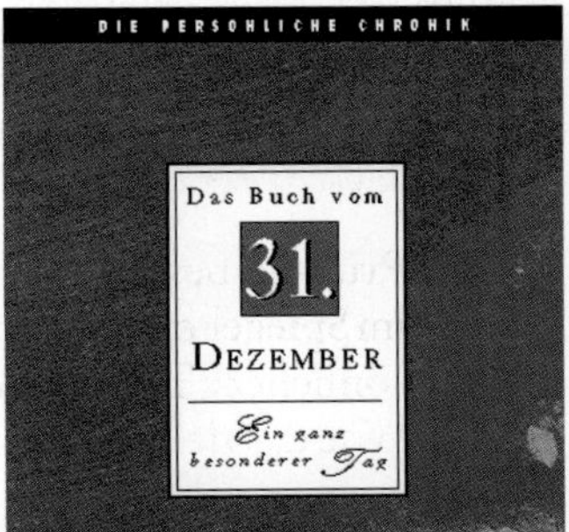
DIE PERSÖNLICHE CHRONIK
Das Buch vom
31.
DEZEMBER
Ein ganz besonderer Tag
Chronik Verlag

CHRONIK-BIBLIOTHEK DES 20. JAHRHUNDERTS

Von 1900 bis zur Gegenwart

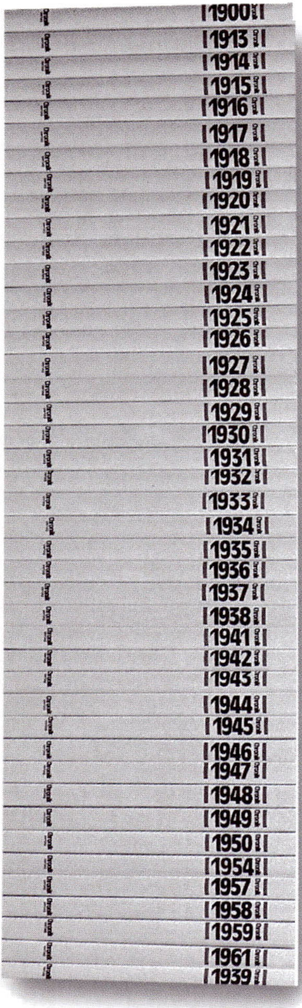

Die »Chronik-Bibliothek« ist die umfassende Dokumentation unseres Jahrhunderts. Für jedes Jahr gibt es einen eigenen, umfangreichen und zahlreich – überwiegend farbig – bebilderten Band. Tag für Tag wird dabei das Weltgeschehen in Wort und Bild nachgezeichnet – jetzt lückenlos bis an die Gegenwart. Sie können das jeweilige Jahr in chronologischer Folge an sich vorüberziehen lassen, aber die »Chronik« auch als Nachschlagewerk oder als Lesebuch benutzen. Ein prachtvolles Geschenk – nicht nur für Jubilare. Und wer die »Chronik-Bibliothek« sammelt, erhält ein Dokumentationssystem, wie es in dieser Dichte und Genauigkeit sonst nicht zu haben ist.